내가 사랑하는 당신

내가 사랑하는 당신

이미복 수필집

우리 마음속에는 기억이란 각각의 바다가 있다. 지나온 삶의 순간들이 조각으로 나뉘어져 가득 담겨 있는 곳이다. 그곳에서 추억을 낚시하여 새로운 수조(컴퓨터)로 하나씩 옮겨 담았다. 어느새 다양한 모습의 이야기들로 가득 채워지게 되었다. 또 다른 곳으로 담길 장소가 필요하게 된 것이다. 뒤늦게 글을 쓰겠다며 등단을 하고 십 년 만의 일이다.

사랑이란 우리의 삶의 모습 안에서 필수 요소이다. 그런데 난 아직도 사랑한다는 말을 사용하는 것이 어렵고 서툴다. 아끼거나 속에 감추어 둘 물건도 아닌데 알면서도 어쩔 수가 없다. 일직이 떠난 남편에게도 90세를 넘겨 사시며 딸 옆에서 힘이 되어 주신 부모님께도 한 번도 사용하지 못한 말이다. 발간하는 수필집의 제목을 『내가 사랑하는 당신」으로 정하고 이제는 '사랑한다는 말'을 좋아하는 많은 이들에게 더 늦기 전에 마음을 담은 선물로 나누고 싶다.

　책을 통해 누군가와 함께 나누는 따뜻한 대화 같은 글이 되었으면 하는 바람이 있다. 나의 글을 읽는 이들이 사랑을 표현하고 정답게 나누며 남은 삶을 후회 없이 가꾸어가는 데 작은 도움이 된다면 더없이 행복할 것 같다.

2025. 08

이 미 복

차
례

2부　사랑을 말하다

4부   느낌표를 찍다

1부

이야기를 담다

울산바위

그는

도심 한가운데 북극성

설악산의 뛰어난 산수화

비 내린 어느 날

오색의 무지개는

그에게 둘러진 화관

전설을 품고

미시령 마루를 지키며

동해를 바라보는 용맹스러움

산국화 향기

일곱 시가 가까운데 거리는 가로등 불빛 아래 아직 어둡다. 동쪽 산위가 어스름 밝아오지만 하늘엔 보름달이 자리를 지키고 있다. 떨어진 낙엽에 푹신해진 길 위를 걷다 보니 어느새 붉은 해가 산 위로 조금씩 모습을 드러낸다. 잠깐 발걸음을 멈추고 일출의 아름다움을 감상했다. 해가 순간 떠오르면서 갑자기 불이 환히 켜지며 엔딩 장면이 나오는 영화관 같다. 눈 깜짝 하는 사이 새벽은 아침으로 바뀌었다.

새벽기도 후, 돌아오는 길에 산책 삼아 외곽도로로 걷다 보면 계절의 변화를 체감하느라 지루하지가 않다. 매일 새롭게 변화가 느껴지는 자연의 아름다움은 어느새 휴대폰을 꺼내 들게 된다. 오늘 아침은 쌀쌀하여 초겨울 느낌인데 길옆에 아직도 노란 산국이 피어 있어 반가운 마음에 가까이 다가갔다. 주로 야산 기슭이나 인적이 드문 길가에 피어 있어 지나다니며 자주 보던 꽃이다. 노란 들국화 라고도 부르지만 정식 이름은 산국, 또는 산국화라 부른다. 꽃잎이 작아 자세히 들여다보아야 꽃의 형태가 눈에 들어온다. 작은 꽃잎 하나하나가 예뻐서 나태주 시인의 「풀꽃」이 생각났다.

> 자세히 보아야 예쁘다.
>
> 오래 보아야 사랑스럽다.
>
> 네가 그렇다.

차가운 날씨에도 가늘고 긴 가지로 서서 들꽃으로 사명을 다하는 모습이 감동스럽다. 한참을 바라보다가 꽃무리 중에 땅바닥으로 처진 몇 가지를 꺾었다. 따뜻한 집안에 데려와 좀 더 바라봐 주면 좋겠 다 싶었다. 들꽃을 꺾는 것에 대한 잘못을 감하기 위해 나쁜 위치라 땅 아래만 바라보는 꽃가지를 선택한 것이다.

집으로 돌아와 작은 유리병에 꽂아 싱크대 위 창문가에 두었다.

아침식사 후 설거지를 하는데 작은 꽃가지에서 풍기는 꽃향기가 놀라웠다. 깊은숨을 계속 들이마시며 싱크대 앞에 서 있는 내내 눈을 감고 향기를 음미하였다. 들에서는 숨어 있는 작은 꽃잎의 발견이었고 집안에서는 꽃향기의 발견이 되었다. 이는 계절이 주는 마지막 선물 같았다.

계절마다 기억되는 대표적인 꽃향기가 있다. 봄이면 찔레꽃 향기를 떠올리며 유년 시절 추억에 빠질 때가 있다. 아카시아꽃 향기는 흰 교복 입던 여학생 시절이 생각나 좋다. 향기를 맛보지 못하고 계절이 지나가면 많이 아쉽다.

여름엔 장미꽃 향기이다. 요즘 흔한 빨간 넝쿨장미나 화원에서 살 수 있는 장미는 향이 너무 미미하다. 학교 실습지에서 가꾸던 다양한 종류의 장미는 꽃이 귀하던 시절에 더욱 아름다웠다. 그 꽃과 향기에 흠뻑 빠져들었던 햇볕 뜨겁던 여름날이 생각난다. 오십 년의 세월이 흘렀지만 그 향기가 그리움처럼 느껴질 때가 있다.

가을엔 국화를 대신할 꽃이 있을까 싶다. 김하인 작가의 소설 「국화꽃 향기」는 국내에서뿐만 아니라 중국에서도 많은 인기를 얻어

밀레니엄 작가가 되게 하였다.

작은아들이 고등학교 다닐 때 이야기를 했다. 작가에게는 죄송한 일이지만 돈이 없는 학생들이라 한 권의 책으로 반 전체가 순번을 정해 읽었다고 한다. 여학생도 아닌 남학생들이 소설책을 그렇게 읽었다는 것도 대단한 일이라 생각되었다. 영화로도 상영되어 많은 사람들의 사랑을 받았던 기억이 난다. 나도 그 무렵 소설과 영화 속 '국화꽃 향기'에 푹 빠져 있지 않았나 싶다. 실제 꽃향기의 매력보다 시나 소설을 통해 문학적으로 느껴지는 가을 향기이다.

그러나 이제부터 노란 산국이 가을을 대표하는 꽃향기라 말하고 싶다. 꽃은 잠깐 피었다 지는 것이 아니니 두서너 달 들길을 산책하며 가을 내내 행복하리라. 벚꽃처럼 화려하게 피어 순간 사라지지 않은 점이 좋다. 아름답고 귀한 모습은 아닐지라도 그 곁에 쉽게 다가갈 수 있고 그 향기로 다가오는 이들을 행복하게 만드는 꽃!! 산국의 모습으로 삶을 살아간다면 좋겠다는 생각이 든다. 외모와 환경을 탓하지 않고 정원에 꽃처럼 잘 다듬어진 모습이 아님 어떤가? 자신을 알리고 인정받기 위한 수고와 노력은 필요하지 않다. 가까이 다가오는 이들만 알게 되는 존재의 가치, 그로 족하다. 내면의 향기에 감동이 되어 눈을 감게 되고 사랑을 느끼게 하는 것, 오늘 산국화 앞에 선 내 모습처럼 말이다.

화장실에서 세 번 웃다

'변소'라는 말은 전에 사용하던 재래식 화장실이 점차 수세식으로 바뀌어 가면서 지금은 사용하지 않아 생소해진 낱말이 되었다.

난 스물일곱에 결혼을 하고 친정집을 떠나기까지 우리 집에는 화장실이 없었다. 그래서 골목길로 거의 150m는 됨직한 거리에 있는 공중변소를 사용하였다.

지금 생각하면 얼마나 불편했을까 싶기도 하고 급한 상황도 있었으리라 생각되는데 크게 기억되는 일은 없으나 가끔 변비로 고생했던 적은 있다. 아마 배뇨를 느껴도 빨리 해결하지 못해서 생겼으리라 싶다. 그래도 큰 불편함으로 여기지 않고 살았던 것 같다.

79년 2월, 결혼하면서 고성군 광산초등학교로 발령이 났다. 그래서 학교 관사에 살게 되었는데 역시 화장실이 따로 없었기 때문에 학교 공동변소를 사용하였다. 밤이면 어둡고 무섭기도 해서 신랑이 변소 간다고 할 때까지 참고 기다렸다.

손전등을 켜고 가거나 환한 달밤이든 간에 그 시절 텔레비전으로 많이 시청하던 〈전설의 고향〉이 생각났다. 기다란 변소 건물도 그렇지만 발이 빠지지 않도록 조심해야 하는 변기 구멍과 삐걱대는 나무문 소리도 늘 무서웠다. 어떤 날은 더욱 심해진 암모니아 냄새 때문에 입과 코를 다 막은 채로 용변을 보고 밖으로 뛰어나와 숨을 몰아쉬기도 하였다. 지금도 어쩌다 용변을 보는 꿈을 꿀 때가 있는데 꼭 재래식 변소가 등장한다.

결혼하고 몇 년 후 다시 친정이 있는 거진읍으로 발령이 났다. 그래서 관사가 아닌 처음으로 장만한 우리 집은 오래전 해일로 인해 공동마을로 지어진 구호주택이었다. 건평이 20평도 못 되는 작은 집이었지만 네모반듯한 마당이 있고 한쪽엔 청포도 나무와 아담한 변소까지 있었다. 이사한 첫날 저녁 무렵, 처음 간 변소 안에서 입꼬리가 올라가는 미소가 지어졌다. 내 집이 생겨서 좋은 것보다 우리 가족만이 사용하는 우리 집 변소가 생긴 것이 기뻤기 때문이었다. 더군다나 삼십 촉짜리 전구까지 있어 어둡지도 무섭지도 않았고 공중변소처럼 냄새도 심하지 않았다.

이사한 첫날 재래식 변소 안에서 만족하고 행복해서 웃었다는 말을 남들에게는 물론 신랑에게도 말하지 못했다. 신랑도 말하지는 않았지만 이사한 후에 변소 같이 가 줄 일이 없어져 좋아했을는지 모르겠다.

친정집도 그다음 해 살던 집을 헐고 이층으로 집을 지었다. 아래층은 상가이고 이층은 살림집 독채였다. 입주한 첫날이었다. 1층과 2층, 옥상의 창고까지 돌아보고 나서 화장실 안을 둘러보았다. 변소도 없던 친정집에 욕조와 세면대가 있고 따뜻한 물이 나오는 수세식 화장실을 보며 너무나 기뻤다. 십 대와 이십 대를 화장실 없는 집에서 보낸 설움이 다 사라지는 순간이었다. 세면대에 손도 씻어보고 욕실장도 열어 보며 살펴보는데 마음이 기쁘고 즐거워서 웃음이 피식피식 새어 나왔다. 구호주택 우리 집, 마당가에 재래식 변소에서 첫날 웃었던 생각이 났다.

결혼하기 전, 친정에 살 때 들었던 이야기가 생각났다. 옆집 아주머니가 놀러 오셔서 해 주시던 이야기이다. 장난이 심한 둘째 아들이 학교에서 선생님께 매를 맞고 왔다고 했다. 이유는 1학년 여선생님이 변소에 들어가셨는데 문을 열려고 했단다. 놀란 선생님은 문고리를 잡고 노크를 했지만 아들이 양손으로 힘껏 문을 당겨서 활짝 열고는 도망을 갔다는 것이다. 화가 잔뜩 난 선생님께 교무실로 붙들려와 하는 말이 "다리밖에 안 봤어요. 선생님, 용서해 주세요!" 이 이야기가 생각나는 바람에 또 혼자 웃었다.

속초로 이사를 나올 때 처음 아파트를 분양받고 삼십 년을 살았다. 더 나이가 들기 전에 마지막 이사가 되지 않을까 싶어 결단을 하고 최근 새로 지은 아파트로 이사를 했다. 먼저 살던 아파트에서는 저층이라 남향임에도 일찍 해가 가려진 탓에 25층을 선택하고 나서 고소공포증을 염려하기도 했다. 그러나 고층이라 종일 환하고 설악산이며 바다 전망까지 감상할 수가 있어서 선택에 만족하며 살고 있다.

새벽에 일어나 화장실로 갔다. 안방 화장실은 침대에서 두세 걸음이다. 문을 열면 불은 자동으로 켜지고 또 꺼진다. 불빛도 은은하여 눈이 부시지 않아서 좋고 엉덩이를 따뜻하게 해주는 비데가 있어 만족하게 된다.

몇십 년 사이 우리의 주거 환경은 많이도 변한 것 같다. 요즘 휴게소나 식당 어디를 가든 화장실이 깨끗해서 기분이 좋을 때가 많다. 해외에 여행을 다녀보면 더욱 실감하게 된다. 우리나라가 선진국 대열에 합류했다고 자부심을 가지게 되는데 화장실도 한몫을 한다. 이름마저 사라진 과거의 공동변소에서 현재에 이르기까지 화장실에서 세 번 웃게 된 이유를 변천사에 담아 추억해 보았다.

도치 사랑

　겨울철이면 부둣가나 시장에서 많이 볼 수 있는 도치, 일명 심퉁어 또는 심퉁이라 불리는 생선이 있다. 심퉁 맞게 생겨서 추가로 붙여진 이름이다. 생김새는 올챙이와 흡사한데 크기는 냉면 대접만 하다.

　비늘 없이 미끈거리는 점액질로 덮여 있어서 손에 잡기도 힘들다. 표면에 무늬는 뜨거운 물에 데치면 더 선명하게 나타난다. 외모는 그렇고 맛은 어떤가? 오징어와 같은 쫄깃함도 명태의 단맛 나는 담백함도 없다. 특별한 맛이라고 표현될 수 없는 밋밋한 맛에 뼈인 듯 뼈가 아닌 듯 씹히는 것이 있어 도대체 무슨 맛으로 먹나 싶다. 그러나 이는 부둣가에 살지 않는 사람들이거나 또는 외지에서 이사 온 사람들 이야기이고 바닷가 사람들에게는 은근히 사랑받는 생선이다. 숙회로 먹기도 하고 도치 알에 김치를 넣고 끓이면 시원한 맛이 일미이다. 적당히 말려 쪄서 먹으면 아주 쫄깃하고 맛이 있다고 하는데 난 아직도 말려서 찐 도치는 먹어 보지 못했다.

친구들 중에 거진에서 고등학교를 졸업하고 서울로 시집을 간 친구가 있다. 그 친구를 삼십 년의 세월이 지난 후, 동창 모임에서 만나 지나온 세월 속의 잡다한 이야기꽃을 피우게 되었다.

그 친구가 겨울철 가장 먹고 싶었던 생선이 도치였는데 이는 서울에서는 구경도 할 수 없는 탓이라 했다. 그래서 친정에 다니러 왔다가 부둣가에서 도치 몇 마리를 샀다고 한다. 그 시절엔 지금처럼 비닐봉지도 아이스박스도 없던 시절이라 두세 겹 시멘트 봉지에 담아 들고서 서울 가는 버스에 탔다고 한다.

원통쯤 지났을까. 시멘트 봉지가 젖어 찢어지면서 덜컹거리는 버스 안에서 도치는 사방으로 흩어졌다고 했다. 공처럼 굴러다니는 도치로 인하여 놀라 소리치는 승객들 속에서 진땀을 흘리며 수거하느라 고생한 이야기에 상황을 연상하며 모두들 배꼽 쥐고 웃었다. 다행히 홍천 터미널에서 손잡이도 없는 찌그러진 양동이를 구할 수 있었고 쏟아지지 않도록 두 다리 사이에 끼고 서울까지 잘 도착했다는 말에 모두가 미소를 지었다. 터미널에서 택시를 탔는데 기사님의 짜증 내는 소리에 죄송하다고 말하며 집에 도착하기까지 고생담은 듣는 모두를 즐겁게 했다.

하루 종일 도치와 씨름하느라 말도 못 할 정도로 피곤했지만 밤늦게까지 뜨거운 물에 데치고 손질하여 채반에 담아 옥상에 널어놓는 일까지 마치고 잠을 잤다고 했다. 다음 날 아침에 일어나자마자 옥상에 올라갔다는 말에 "그 고생시킨 도치가 밤사이에 싶었구나."는 우리들의 말에 "그런데 옥상에는 아무것도 없었어. 밤사이 고양이들이 다 물어 갔나 봐." 허무함에 팔다리 힘이 다 빠졌다고 말하며 이야기를 끝낸 친구가 그날 밤새도록 나눈 이야기 중에 최고였다.

난 아직도 어시장에서 도치를 바라만 보다가 손질할 엄두와 맛있게 조리할 자신도 없어서 그냥 돌아서곤 한다. 그 모임 후 만나지 못하고 한참을 잊고 살았던 그 친구가 시장에서 도치를 보면서 생각이 났다. 안부와 함께 아직도 도치 사랑은 여전한지 궁금하다.

쥐 이야기

　방학을 맞은 손주들이 우리 집에 온 지도 두 주가 지날 무렵이었다. 잠자리에 들 때마다 옛날이야기를 해 달라고 조르는 통에 해 줄 이야기는 바닥이 나서 예전에 초등학교 교단에 설 적 겪은 일을 들려주었다.

　1학년 교실 수업 중이었다. 창가 쪽 맨 뒤에 앉은 아이가 청소함 커튼을 발로 차는 바람에 큼직한 쥐 한 마리가 놀라 튀어나왔다. 쥐는 교단에 서 있는 나를 향해 달려왔다. 놀란 나는 비명과 함께 맨 앞자리 책상 위로 뛰어올랐다. 너무 무서웠다. 쥐는 이내 사라졌지만 교실 안은 나로 인하여 아수라장이 되고 말았다. 당시 걸레에 들기름 찌꺼기를 묻혀 교실 바닥을 닦곤 했는데 배고픈 쥐가 그 냄새를 맡고 청소함으로 올라온 듯했다. 평소 나는 아이들에게 책상에 앉거나 올라가지 말라고 주의를 줬다. 그런 내가 슬리퍼를 신은 채 책을 밟고 책상에 올라선 데다 비명까지 질렀으니 체면이 말이 아니었다.

그날 수업이 끝나고 아이들이 집으로 돌아간 무렵, 한 아이가 책상 사이를 왔다 갔다 하면서 시간을 보내고 있었다. 왜 안 가느냐고 묻자 "선생님은 언제 집에 가세요?" 하고 되물었다. 쥐가 또 나오면 선생님이 무서워할까 봐 같이 있겠단다. 나는 쥐도 놀라서 다시 나오지 않을 거라 말하고 아이를 보냈다. 그 아이 덕분에 오후 내내 행복하고 흐뭇했다. 쥐 때문에 여덟 살짜리 아이의 보호를 받을 줄이야.

내 이야기를 다 듣고 나서 손주와 손녀딸이 별로 재미있다는 반응을 보이지 않는다. 다시 쥐를 본 적 있냐는 질문에 고작 '미키 마우스'를 생각하는 아이들이다. 재미있는 옛날이야기가 되지는 못했지만 그때 그 아이와 나이가 같은 손자가 그처럼 심성 고운 사람으로 자라길 바라는 마음이다.

옹심이는 사랑이

옹심이는 우리 교회 목사님 댁에서 키우는 강아지 이름이다. 중국의 차우차우와 우리나라 진돗개 사이에 태어난 혼혈종인데 외모로 보면 차우차우도 아니고 진돗개도 아니다. 그러나 잘 살펴보면 진돗개의 얼굴 모습이 있고 오디를 한 공기는 먹은 듯 검은 혓바닥은 차우차우 종임을 알 수 있다. 연한 베이지 색깔의 긴 털에 검은 눈과 반짝이는 촉촉한 코에 쫑긋한 연갈색 귀, 풍성한 꼬리털은 흔들릴 때마다 샴푸 향이 나는 듯하다.

덩치가 제법 큰아이라 사모님 혼자 목욕을 시키기 버거울 정도인데 목욕을 시킬 때면 손발을 알아서 들어 주기도 하며 얌전히 서서 목욕에 임하는 모습이 절로 미소 짓게 한다.

옹심이는 목사님의 친구분 가정에서 분양받아 키우게 되었는데 가족뿐만 아니라 모든 교인들에 사랑을 받는 목사님 댁에 넷째인 셈이다. 신기하게도 셋째 아들이 목사님을 가장 많이 닮았고 그다음이 옹심이다. 아마 모르는 사람들에게 개의 주인을 찾아보라고 한다면 다 찾아내지 않을까 싶다.

교회를 방문하였던 지인 한 분이 옹심이를 보고 개가 왠지 품위가 있어 보인다고 하여 기분 좋게 웃었던 적이 있다. 그러나 뭔가 어울리지 않는 것은 이름인데 함께 태어난 언니 강아지가 '감자'라 붙여진 이름이라고 한다. 그러나 부르기 쉽고 이름을 부를 때마다 정감이 가서 좋다. 가족들이 외출하고 돌아올 때면 몸 전체로 맞이하는 작은 강아지들의 환영 인사와 달리 커다란 꼬리만 흔들며 눈과 입꼬리를 치켜 올리며 미소로 반기는 모습은 또한 옹심이만의 매력이다.

얼마 전까지만 해도 누가 오면 자기 집으로 도망가기 바쁜 순둥이였는데 요즈음은 지나가는 사람에게 제법 짖기도 하여 자기의 할 일도 충실히 하려는 모습을 보면 진돗개가 맞구나 싶다. 그러면서 너무 빨리 성장하는 것이 아쉽기도 하다.

요즘 수많은 반려견에 대한 이야기를 접하게 된다. 전에 포대기로 강아지를 업고 물건을 사고 있는 아주머니를 보고 놀라움과 함께 조금 너무한 것 아닌가 하는 생각을 한 적이 있다. 언젠가 더운 날씨에 유모차를 끌고 가는 아주머니가 있었다. 그 옆을 지나가면서 유모차를 탄 아기를 보려 했더니 뜻밖에 기저귀 팬티를 입은 나이든 개가 앉아서 밖을 내다보고 있어서 움찔 놀란 적이 있다. 많은 반려동물 중에 개는 사람과 특별한 관계가 있다. 오랜 시간 동안 사람에게 가장 가까운 동물이라 많은 감동과 이야기가 생겨나고 교과서에도 실리게 되는 것 같다.

아이들이 너무 강아지를 키우고 싶어 해서 두 어 번 키우게 된 적이 있었다. 그런데도 개에 대하여 특별히 사랑하는 마음을 가지지는 않았다. 마당에서 키우며 끼니에 밥만 주었던 것 같다. 목욕을 시키거나 운동을 데리고 나간 적도 없고 특별식이나 간식을 사서 준 적도 없었다. 동물병원에 데리고 다니지 않아도 아프지 않고 잘 컸다. 그전에는 다들 그렇게 많이 키우기는 했었다. 요즘 들어 반려견에 대하여 많은 사랑을 주는 사람들을 보며 그 전에 우리 집에 왔던 아이에게 미안한 생각이 들고 한 번도 따뜻하게 안아 주지 못한 것이 후회도 된다.

옹심이를 보면서 드는 생각이 사랑이다. 하나님이 창조하신 세상 만물들을 우리가 돌보고 사랑을 주는 것이 필요하고 아름답고 행복한 일이란 생각이 든다.

아무 스트레스 없이 가족들의 보살핌과 사랑을 받으며 건강하게 지내는 '옹심이'는 개이지만 복된 가정으로 오게 된 행복한 아이이다.

뱀 세 마리가

며칠 전, 주일 예배를 드리고 집으로 가다가 고향 분인 김 권사님 댁에 들렀다. 차를 마시며 거진에서 살던 지난 이야기들을 나누었다. 동시대를 살던 고향 사람과 공유할 수 있는 이야기는 더 재미가 있다.

어릴 적, 부둣가에는 여름엔 오징어와 겨울철 명태가 산더미처럼 쌓여 있어 발로 툭툭 쳐내며 다니던 때의 이야기. 잡은 고깃값을 계산하던 간주 보는 날, 밤이면 술집과 식당은 흥청거리는 사람들로 넘쳐 났다. 고기잡이를 하지 않던 집도 오징어와 명태를 빨래처럼 널어 말리는 모습은 흔한 어촌 동네 풍경이었다. 반면 생선이 잡히지 않을 때도 많아 풍요와 궁핍함이 동전의 양면처럼 붙어살던 때었다. 집집마다 아이들도 많아 우리 집처럼 네 명 정도는 기본에도 들지 못했다.

산과 들에는 뱀이 많았고 집 안팎에는 쥐들도 많아서 관련된 이야기는 늘 풍성하고 재미가 있다. 권사님은 어릴 적, 들로 뛰어다니며 놀다가 찔레 순을 꺾어 껍질을 벗겨 내고 먹던 이야기를 하였다. 찔레나무 숲에는 유난히 뱀이 많았다고 하시며 들려준 또 다른 뱀 이야기이다.

어느 날, 남편 산소에 갔다가 용하리라는 곳에서 초등학교 고학년쯤 되어 보이는 남자아이 두 명과 함께 마을버스를 타셨단다. 아이들은 홀쭉한 정부미 포대를 손에 들고 기사님 뒤로 가서 앉았고 권사님도 빈자리에 앉으셨다고 한다.

나른함을 느끼게 되는 초여름 오후였고 버스는 한적한 시골길을 덜컹거리며 달리고 있었다. 그런데 누군가의 비명소리가 들리는 순간에 버스 안은 아수라장이 되었다고 한다. 이유는 세 마리나 되는 뱀이 버스 안 바닥에 모습을 나타냈기 때문이었다. 손님들은 모두가 놀라 소리를 지르며 의자 위로 뛰어 올라갔고 권사님도 놀라서 순간 의자 위로 피하게 되었다고 한다. 이야기 속 긴박한 현장이 눈에 보이는 듯 느껴졌고 세 마리나 되는 뱀의 출몰이 너무나 궁금했다.

"아니 어떻게 달리는 버스 안에서 세 마리나 되는 뱀이 나타났 대요?"

나의 질문에 그 시절, 산골에 사는 남자아이들이 용돈을 벌려고 뱀을 잡아서 건강원에 파는 일이 많았다고 하시며 웃으셨다.

아이들이 들고 탄 정부미 포대 속에는 시내 가서 팔려던 뱀이 들어있었단다. 그런데 바닥에 놓인 포대의 지퍼가 조금 열려 있었는지 뱀이 열었는지 한 마리가 머리를 내밀자마자 세 마리의 뱀은 거의 동시에 포대 속에서 탈출하게 되었다는 이야기였다. 버스 기사는 왜 뱀을 가지고 버스를 탔냐고 호통을 치셨고 아이들은 빨개진 얼굴로 뱀을 잡던 실력으로 포대 입구를 벌리더니 다 잡아넣었다고 한다. 아이들은 시내까지 가지도 못하고 중도에서 내리고 말았단다.

생각만 해도 끔찍한 일인데 담대하게 누구 도움도 없이 뱀을 처리한 아이들이 참 대단하단 생각이 들었다.

봄날에 '찔레꽃 향기 속에 숨어 있는 뱀'보다 '달리는 버스 안의 세 마리 뱀' 이야기는 박진감 넘치는 재미가 있었다.

웃음 때문에

전에 TV 프로그램 중 즐겨보지 않던 것이 개그콘서트였다. 젊은 이들은 박장대소하는데 난 하나도 우습지가 않았다. 말이 통하지 않는 외국어도 아닌데 도통 재미가 없었다. 요즘 세대와 소통이 안 되는 이유일 수도 있겠다는 생각이 들었다.

웃음으로 병을 고치고 억지로 웃는 것도 효과가 있다는데, 그래서 요즈음 웃음 치료사도 있지 않은가? 거울 속에 내 얼굴을 보면 예전과 다르게 느껴진다. 피부가 처져서 입꼬리도 자연히 아래로 향하니 웃기 전에는 웃는 얼굴이 될 수가 없어서일까 무표정이 낯설고 속상하다.

전에는 너무 잘 웃어서 곤란했던 적이 많았다. 고등학교 일 학년 때 일인가 보다. 교장선생님께서 다른 지역으로 발령이 나서서 운동장 조회를 섰다. 교장선생님이 이임 인사 중 울먹하시며 말을 잇지 못하시는 상황이었다.

그때 교정에서 작업 중이던 인부 두 명이 땅을 다지기 위해 삽으로 다듬이질하듯 내는 소리가 자꾸 반복됨에 따라 참았던 웃음이 비실비실 입 밖으로 새어 나오기 시작했다. 고등학교가 세워지고 첫 부임했던 교장선생님은 학교에 남다른 애정을 가지셨기에 이임 인사는 특별할 수밖에 없었다. 눈물이 나와야 할 상황에 터져 나온 웃음이 주변 서너 명에게 옮겨지기 시작했다. 허벅지를 꼬집어도 소용이 없었다. 급기야 우리들 앞까지 담임 선생님이 오셔서 눈짓을 하신 후에 겨우 멎었다. 그날 담임 선생님은 우리들 때문에 얼마나 민망하셨을까 싶다.

그해 가을에 한 반인 친구 아버지가 돌아가셨다. 꽃상여를 꾸미기 위해 하얀 미농지로 종이꽃을 만들기로 하여 친구 집에 모였다. 칠팔 명이 말없이 꽃을 다 만들고 나서 음식이 차려진 두레상을 받고 앉았다. 아무 말도 없이, 서로 눈치만 보며 음식을 조심스레 먹기 시작했다. 나는 절편을 설탕에 푹 찍어 한입 베어 물었는데, 그게 설탕이 아니라 소금이었다. 그 모습을 옆에서 본 한 친구가 웃음을 터뜨리고 말았다. 상갓집에서 웃음소리를 내지 않으려 모두가 소리 죽여 웃느라 얼굴이 붉어진 채 방바닥을 기어다니며 소란을 피웠다. 굴러가는 가랑잎만 보고도 까르르 웃는다는 나이였다. 때와 장소의 구별도 없이 나오는 기침처럼 참으면 더 나오는 것이 웃음이었다. 지금에 생각하면 그때 웃음은 자연스레 퐁퐁 솟아나는 옹달샘 같았다.

또 하나의 이야기는 교대 졸업 후 발령이 안 나서 임시교사로 근무하던 때였다. 강릉교대를 졸업한 동기 여선생과 간성문화회관에서 함께하는 민방위대 관련 교육이 있어서 시내버스를 탔는데 버스 안은 콩나물시루처럼 비좁았다. 겨울방학 중이라 코트에 목도리와 장갑까지 낀 우리는 버스 뒷자리까지 밀려들어 갔다. 흔들리는 버스 안에서 한참 후에 목적지에 버스가 정차했다. 나는 동기 여선생님의 팔을 잡아당기며 입구 쪽을 향했다. 사람들이 많아서인지 잘 끌려오지 않은 팔을 힘껏 당겨서 겨우 입구까지 왔다.

"빨리 내리지 않고 뭐 해요?"

그 선생님은 벌써 내려 창 밖에서 손을 흔들고 있지 않은가? 붙잡고 있던 팔을 얼른 놓고 급히 차에서 내렸다. 당황해 얼굴까지는 보지 못했지만 분명 남자의 팔소매였다. 모르는 여자가 옷소매를 잡아끄니 처음과 달리 나중엔 포기하고 따라 내리려고 했나 보다. 누구였을까? 그 사람은 내 얼굴을 봤을 수도 있다. 한동안 그 일이 생각날 때마다 때로는 걸어 다니면서도 혼자 웃었다. 누가 보기라도 했더라면 정신적 문제가 있다고 오해하지 않았을까 싶다.

지금도 그와 같은 상황이 생긴다면 어떨까?

세월의 흐름 속에 웃음을 많이 잃어버렸다. 개그콘서트에 재미를 느끼지 못하는 것처럼 말이다. 그렇지만 기억 속에 묻혀 있던 이야기를 떠올리며 미소를 짓게 되니 그것도 감사한 일이다.

세컨 하우스

나에게는 세컨 하우스에 해당하는 집이 한 채 있다. 이에 대부분 사람들은 쉽게 별장 같은 집을 떠올리거나 수익성을 먼저 생각하고 묻는다. 그러나 나에겐 생각만 해도 마음이 편치 않은 집이었다.

몇 년 전 17년이 넘도록 탄 자동차를 폐차시키면서 헤어지는 아픔을 글로 썼던 적이 있다. 태어난 것이 아닌 만들어진 물건임에도 사람에게서 가질 수 있는 똑같은 감정이 느껴짐이 신기했었다. 그런데 이번에는 그 대상이 집이다. 돌보지 않고 무관심 속에 버려뒀던 집이 생명을 가진 존재처럼 여겨지며 희로애락을 함께한 내 가족 같다는 생각이 들었기 때문이다.

그 집은 삼십 대 중반에 아름다운 바닷가 마을에 꿈을 가지고 마련한 집이었다. 동네에서는 우리 집을 꽃집, 또는 부부 선생네 집이라고 불렀다.

한 학교에 근무하던 동료 교사의 집들이에 갔다가 뒷집이 매매에 나왔다는 말을 듣고 큰 고민 없이 대출을 받아 집을 구입하였다. 바다에서 수영하고 나와서 수건만 걸치고 집으로 들어올 수 있는 바다와 가까운 거리의 집이었다. 남편이 바다를 좋아해서 마련한 집이지만 살림하기에는 불편한 구조라 이 년쯤 지난 후에 살림을 할 수 있는 구조로 이층을 증축하였다. 그 집으로 다음 해 이사를 하였으나 남편은 병을 얻어 일 년간 투병 생활을 하게 된 집이다.

건강에 대한 정보나 상식이 부족하던 때라 '왜 술 담배도 안 하는 사람이 간이 나쁘지?'라고 말하는 사람들도 있었고, 남편은 이런 말을 듣기 싫어했다.

시내버스로 출퇴근이 바쁘고 힘들었지만 그보다 남편이 아파서 슬프고 우울했다. 아름다운 바닷가의 모습은 그런 마음에 큰 도움이 되지 못했다.

일 년 만에 병을 이겨내지 못하고 남편이 떠나갔다. 초등학교에 다니던 두 아들을 데리고 친정에 들어가 살게 되면서 그 집을 떠나

살게 되었다.

그 후에 큰아들이 6학년이 되던 해, 속초에 아파트를 분양받아 이사를 하게 되었다. 첫 번째 집이 두 번째 자리로 밀리게 된 이유이다. 그 시절 가정과 직장인 학교와 교회는 나를 붙들어 주고 지켜 주는 세 겹의 울타리였다. 그 안에서 트라이앵글처럼 오가며 보람과 힘을 얻고 살았다. 그러는 가운데 두 번째가 된 그 집은 관리하기에 버거울 수밖에 없었다. 그래서 모든 걸 세 들어 사는 사람들에게 맡겨 버렸다.

집은 점차 부모 없이 방치된 아이같이 되어 가고 있었다. 어느 해엔 흰색 벽에 벽돌색 페인트가 칠하여지면서 집은 점차 낯설어지고 마음도 멀어지게 되었다. 안으로 스며든 물이 처마에 시멘트 고드름을 메어 달았고 바닷가라 쉽게 부식된 문은 여닫기도 힘들게 되었다. 집의 구석구석은 손길이 가지 않아 점차 흉한 모습으로 변하여 갔다. 그 지역 꽤 이름이 나 있는 해수욕장이 바로 집 앞인데 동네에 민폐가 되는 집이 되어 버린 것이다.

강산이 변한다는 10년이 세 번이 지나고 나니 두 아들은 결혼을 했고 나는 정년퇴직을 하였다. 두 겹의 울타리가 벗겨진 듯 허전함과 홀가분한 맘이 함께 들기도 했다.

그 집에 세 번째 세 들어 사시던 분이 13년을 살다가 나가고 빈집으로 2년간 더 방치되어 있었다. 한때는 수세식 화장실만으로도 동네에선 앞서가는 집이었다. 그냥 둘 수는 없으니까 집을 헐고 빈터로 두어야 할지 무언가 결정을 해야 될 시기까지 왔다고 생각하니 고민과 걱정이 많아졌다. 그러다가 한 통의 전화가 걸려 왔다. 우리 집을 수리하여 게스트 하우스로 사용하겠다고 하는 내용의 전화였다. 많은 수리 비용이 들지만 함께 돌보는 도우미가 생기게 된 것이 기뻤다. 전화를 한 사람을 만나서 집으로 달려갔다. 녹이 슨 출입문을 겨우 열고 안으로 들어갔더니 집안에 햇빛이 가득했다. 방마다 나무문은 깨끗했고 벽은 난 아직 이렇게 튼튼하다고 말하고 있는 것처럼 느껴졌다. 집 밖에서 보던 외관의 모습과는 달리 내부는 아직 건강하게 보였다. 그동안 돌보지 못함이 미안했다. 눈물이 날 정도로 미안했고 변명하기 이전에 미안했다.

'마음 아픈 나의 집아, 오랜 시간 잘 견뎌 왔구나. 이제는 전처럼 내버려두지 않을 거야.'

그날 이런 다짐을 하고 돌아왔다. 폐차장으로 차를 들여보내던 때의 아팠던 마음이 생각났다. 이제 좋은 병원의 의사를 통해 치료 가능함의 진료를 받고 돌아올 때의 기쁘고 감사한 마음이랄까? 건강하고 아름다운 모습으로 회복되어질 우리 집을 그림 그려보았다.

그 후, 집은 잘 수리되었고 작은아들이 아빠랑 살던 때의 흔적이 거의 사라져 아쉽다고 하지만 좋은 임차인을 만나 집에 대하여 신경을 쓰지 않아도 되고 지금은 서핑 관련 가게와 게스트 하우스로 운영되고 있다. 또 하나의 가족 같은 나의 세컨 하우스의 이야기이다.

나의 자동차

벌써 십여 년 전 일이다. 내 승용차에 우리 반 아이를 태운 적이 있었다.

2학년인 사내아이는 "선생님, 이 차 이름이 뭐예요?"라고 물었다.

"응, 이 차 너무 오래 타서 이젠 그만 타고 바꾸려고 해."

그날 밤 자리에 누웠는데 낮에 아이와 한 대화가 생각났다. 9살 아이는 차종을 물었는데 차가 듣고 있을지도 모를 차 안에서 그렇게 서슴없이 말한 것이 후회가 되었다. 차에 관심 있는 아이에게 나의 녹 슨 차가 부끄럽게 느껴져서 그랬을까? 누구에게 차를 바꾸겠다고 말한 것이 그날 처음이었다.

다음 날 아침 운전대를 잡았을 때 사람에게처럼 새삼 미안한 마음과 고맙다는 생각이 들었다. 연식이 오래된 차를 타면서 좋은 점은 부담 없어 좋고 집에서 입는 옷처럼 편해서 좋다고 사람들에게 말하곤 했다.

몇 년 전부터 자동차 하부에 생긴 녹이 점점 번져서 카센터에서 도색 작업을 했지만 별 소용이 없었다. 그래서 외부 주차장에 세우거나 할 때 집안에서 입던 허름한 옷을 입고 외출할 때처럼 주위 시선을 의식할 때가 많았다.

운전면허를 취득 후 3년 만에 구입한 차는 현대 자동차에서 생산한 '유로 엑센트'란 이름의 차종이었다. 나에겐 반려견처럼 늘 함께한 자동차였다. 그러고 보니 17년이라는 세월을 거의 매일 함께한 것은 자동차밖에 없는 것 같다. 사람처럼 정이 들었을 만하다. 그래서일까 폐차장에 보내고 싶은 마음이 없었고 만일 그날이 오면 어떤 마음이 들까 싶었다.

지인인 한 분이 어느 날 회식하고 집에 늦게 들어왔더니 16년을 키우던 개가 자연사하였다는 이야기를 하였다. 너무 놀랐고 임종을 지켜보지 못하여 정말 마음이 아팠다는 이야기였다. 오래도록 키우던 반려견이 자연사했다는 소식을 듣고 그 밤에 서울에 살고 있는 아들과 딸이 속초 집으로 내려오고 온 식구가 슬픔에 잠겼다고 한다. 강원도에는 동물 전용 화장터가 없어서 다음날 경기도에 있는 화장터로 가족이 모두 갔다고 한다.

나는 반려동물을 좋아하지는 않지만 키우던 반려견을 보낸 이의 마음을 공감할 수는 있었다. 그런데 공장에서 만들어진 생명이 없는 자동차에게 그와 비슷한 감정을 느끼게 됨은 웬일일까? 시동을 걸 때면 크르렁거리는 엔진소리가 가래 끓는 소리마냥 안타까웠다. 뜨거운 여름 날씨에 차 안은 한증막 같아서 운전석 옆 유리문을 내렸는데 에어컨을 켜고 다시 올리려고 하니 문이 올라가지 않았다. 그 길로 서비스 센터로 갔더니 오래된 차종이라 부속이 없다고 이틀 후에 오라고 하며 유리창을 고정하기 위해 초록색 강력 테이프를 차 안도 아닌 바깥쪽에 길게 붙여 주었다. 차가 안쓰럽기도 하고, 아는 사람이라도 길에서 만날까 창피한 생각도 들어서 서둘러 집으로 돌아왔다.

그때서야 '이제는 정말 이 차와 헤어질 때가 되었나 보다.' 하는 생각이 들었다. '자동차의 자연사는 폐차장으로 가는 거겠지?'

자동차와 함께한 긴 시간이 소중하게 여겨졌다. 좁은 골목길에서

후진을 못해 절절매던 일, 큰아들이 군대 갔을 때 충주까지 처음으로 장거리 운전을 하여 갔던 일, 초보가 겪는 수많은 애환을 공유한 나의 애마였던 자동차! 아파트 다음으로 오랜 시간 우리 가족과 함께 해 준 작은 집 같은 고마운 존재였다.

그 후 몇 개월이 지난 늦가을 어느 날, 집으로 돌아오던 길에 약간 언덕진 곳에서 갑자기 시동이 꺼져 버렸다. 처음 있는 일이라 어떻게 해야 할지 순간 당황스러웠지만 3초 만에 기도의 응답처럼 다행히 시동이 걸려서 무사히 집으로 돌아왔다.

'주말까지 사흘만 버텨주렴. 딱 사흘만…'

자동차는 사흘을 잘 버텨주었고, 월요일 저녁 퇴근하면서 폐차장으로 운전하여 갔다. 입구에는 사무실이 있었고 양쪽으로 수많은 폐차된 차들이 쌓여 있었다. 몇 가지 간단한 수속이 끝나고 자동차 키를 건네받은 직원이 "차에 두신 물건 없죠?" 하고는 시동을 걸자마자 안쪽으로 미끄러지듯 차를 몰고 사라져 버렸다. 물끄러미 그 뒷모습을 바라보고 섰는데 묘한 슬픔이 밀려왔다. 이별의 허전함과 또다시 볼 수 없는 존재가 되었다는 생각에 혼자 중얼거리며 한참을 그대로 서 있었다.

호랑이해를 맞이하며

호랑이해가 되었다.

새 달력을 보다가 띠에 대해 가졌던 생각이 떠올랐다. 호랑이띠는 성격과 행동이 남다를 것 같고 남자면 더욱 잘 어울릴 것 같다는 생각이 들었다. 집안 식구들이나 친인척 중에도 호랑이띠인 사람이 없다.

내가 뱀띠니 친구들은 거의 뱀띠거나 용띠이고 한 살 위인 남편도 용띠이다. 양력으로 한다면 둘 다 뱀띠가 되겠지만 음력으로 12월인 남편은 억울하게 한 살을 더 먹어 용띠가 됐다.

우리 집 아이들은 큰아들이 양띠이고 두 살 아래인 둘째는 닭띠이다. 남자아이면 호랑이나 말띠였으면 좋겠다 싶었는데 태어난 해에 갖게 되는 띠를 선택할 수 없으니 엄마인 나는 잠깐씩이나마 양띠와 닭띠에 실망했던 기억이 난다. 예전에는 새해가 되면 유난히 띠에 대하여 관심이 많고 타고난 팔자로까지 결부시켰던 일들이 생각난다.

우리나라 사람들은 동물 중에 호랑이를 특별히 좋아하는 것 같다. 아마 가장 좋아하는 동물을 조사한다면 1위를 차지하지 않을까 싶기도 하다. 한반도 지도에서도 호랑이를 찾아내는가 하면 옛날이야기 속에서도 호랑이는 주인공으로 많이 등장한다. 뿐만 아니라 어리석은 모습으로 표현을 해도 밉지 않는 동물로 나온다. 그만큼 야생동물 중에 강자이면서도 우리의 삶 속에 친근하게 느껴지는 동물이기도 하다.

중국의 상징은 용이라 그런지 중국에 가면 곳곳에서 조각된 용의 모습을 만나게 된다. 인도의 상징인 코끼리도 마찬가지이다. 우리도 88 서울올림픽과 평창 동계올림픽에서도 마스코트는 호랑이였다. 김홍도의 그림 속 위풍당당 모습도 민화 호작도 속의 우스꽝스럽기도 한 모습도 우리가 사랑하는 호랑이의 모습이다.

전에 아버지가 살아계실 적에 호랑이 담배 피던 시절에 하면서 옛날이야기를 많이 들려주셨다. 어린 시절뿐만 아니라 성년이 되어서도 아버지의 옛날이야기를 즐겨 들었던 것 같다.

호랑이가 주인공인 옛날이야기 중 하나이다. 옛날 어느 따뜻한 봄날에 산골 마을에 사는 여자아이들 3명이 바구니를 하나씩 들고 산나물을 캐러 산으로 갔다. 얼마쯤 산속으로 올라갔을까 큰 바위 밑 양지바른 곳에 너무나 귀여운 고양이가 있는 것을 발견하였다. 이세 명에 아이들은 그 고양이를 서로 쓰다듬어 주며 안아주기도 하며 사랑스러워했다. 그러다가 한 아이가 우연히 바위 위를 올려다보았는데 그곳에는 커다란 호랑이 한 마리가 이 모습을 지켜보고 있었다. 놀라 말도 못하고 품에 있던 새끼 호랑이를 내려놓고는 혼비백산하여 산에서 내려왔다.

다음 날 아침이었다. 그들은 또 한 번 깜짝 놀라는 일을 맞이하게 되었다. 세 명 모두 자기 집 방문을 열고 밖으로 나왔을 때 마당에는 자신들의 나물 바구니가 싸리문 안쪽에 각각 놓여 있었기 때문이었다.

어린 시절 아버지께서 들려주셨던 호랑이 이야기의 줄거리이다. 호랑이가 등장하는 이야기 중에 가장 좋아하는 옛날이야기이기도 하다.

호랑이의 포효처럼 코로나바이러스를 누르고, 우리나라가 아니 온 세계가 행복하고 건강하게 보내는 한 해가 되길 소망해 본다.

횡단보도에서 생긴 일

시내에서 횡단보도 앞에 서 계신 한 할머니를 보았다. 어릴 적 많이 부르던 동요 '꼬부랑 할머니'보다 '낫 놓고 기역 자도 모르는' 속담이 먼저 생각날 정도로 허리가 많이 굽어진 모습이었다. 얼굴은 땅바닥과 마주했고 손에는 지팡이도 없이 작은 비닐봉지 하나를 들고 계셨다. 사거리 횡단보도이나 오전 시간이라 지나다니는 사람들이 적어 할머니의 서 계신 모습은 쉽게 눈에 띄었다. 그곳은 약국이 가까우니 급히 약을 사러 나오셨는지 모르겠다.

나는 건너편 도로에서 횡단보도를 향해 걷고 있었다. 할머니를 바라보며 옆에 사람들이 함께 건너면 좋으련만 어떻게 신호가 바뀌는 걸 아실 수 있을지, 빨간 불로 바뀌기 전에 건너가실 수가 있으실까 걱정이 되었다. 4차선 도로를 건너기 위해 할머니는 100m 달리기를 하려고 출발선에 서 있는 초등학생보다 더 두렵고 걱정되는 마음이실 거란 생각이 들었다.

그 사이 신호가 바뀌었고 할머니는 출발 신호 총소리를 들은 것처럼 횡단보도를 건너기 위해 출발하셨다. 그 모습은 급하게 달리듯 보이는데 앞으로 나아가는 걸음은 첫걸음마 하는 아기같이 느리고 위태롭게 보였다. 넘어지지 않고 빨리 걸으려는 할머니는 마음처럼 몸이 앞으로 나아가질 못하셨다. 그때였다. 젊은이 두 명이 성큼성큼 이야기를 하며 걸어오다가 자연스레 할머니 양옆으로 갈라서서 걷는 모습이 보였다. 그들은 서로 할머니를 에스코트하자는 말을 한 것도 아니었고 즐겁게 하던 이야기를 중단하지도 않았고 다만 걸음걸이 속도만 할머니에게 맞추었다. 그렇게 하는 것이 평소에 자주 있었던 일처럼 자연스러웠다. 횡단보도 삼분의 일쯤 남겨진 상태에서 깜박이던 신호가 빨간불로 바뀌었다. 그 상황에서 할머니는 이 젊은이들이 얼마나 내 손주들처럼 든든했을까? 이 세 사람이 인도로 올라서고 나서 서서 기다리던 시내버스와 자가용도 서서히 움직이기 시작하였다.

나는 그날 하루 종일 마음이 봄볕처럼 따뜻함을 느꼈다. 그냥 미소가 지어졌고 행복했다. 짧은 시간에 일어난 일이었지만 한 편의 감동 영화를 본 것처럼 마음이 흥분되고 설레기도 했다. 휴대폰으로 동영상을 찍었더라면 많은 사람들에게 감동을 주는 영상이 되지 않았을까 하는 마음도 들었다. 내 생각엔 신호에 걸려서 처음부터 바라봤을 시내버스 기사님도 종일 손님들에게 친절하셨을 것 같다. 승용차를 운전하던 이는 집에 계신 어머니나 할머니를 생각했을 수도 있고 그 젊은이들을 마음껏 칭찬했을 수도 있다.

우리는 가끔 용감한 시민들이 한 의로운 모습을 방송이나 신문을 통해 만나곤 한다. 선행으로 표창장 받는 모습을 흐뭇하게 여기며 박수를 보내기도 한다. 횡단보도에서 만난 그 젊은이들은 자신들이 한 일을 기억하지도 못할 터이지만 난 오랜 시간이 지나도 아름다운 미담으로 여겨져 많은 이들에게 알리고 싶은 생각이 들었다.

얼마 전 횡단보도에서 있었던 유튜브 영상 하나를 보았다. 퇴근 시간인 듯 사람들이 많이 오가는 어두운 횡단보도 위에서 몸이 불편하신 노인 분을 젊은 청년이 얼른 등에 업는 장면이었다. 그 횡단보도 위에는 오고 가는 사람들과 양쪽 차도에 신호를 기다리며 서 있는 차들도 많았다. 그 젊은이가 인도에 올라서기까지 모든 차들이 움직이지 않고 기다리는 모습도 찍혔다. 영상을 올린 사람은 아마 차 안에서 신호를 기다리던 사람이었던 것 같다. 역시 감동이었다. 순발력 있게 동영상을 찍은 사람 때문에 많은 사람들이 그 젊은이의 모습에 마음이 흐뭇하고 따뜻함을 느끼지 않았을까 생각되었다.

작은아들이 고등학생 때의 일이니 삼십 년 가까이 된 일이다. 저녁을 먹고 아들과 함께 아파트를 나와 큰 도로를 걷는데 도로 위에서 인도와 차도에 걸쳐 술에 취한 사람이 모로 누워 있는 모습을 보았다. 도로 위는 요즘처럼 밝지도 않았고 상가의 불빛도 없는 곳이라 우회전하는 차량의 운전자가 검은 옷을 입은 그 남자를 발견하기 힘든 상황이었다. 아들은 얼른 그 사람을 흔들며 말을 시켰지만 꿈적도 하지 않았다. 혼자 힘으로 인도 위로 옮기고 옆에 있던 모자도 가져다주었다. 그러자 고개를 숙인 채 앉아서 모자를 쓰는 모습을 보며 가던 길을 갔다. 돌아올 때는 술이 깨어 집으로 갔는지 길에는 없었다. 만일 그날 내가 혼자 갔더라면 그 사람을 인도 위로 옮길 생각을 못 했을 거고 내내 불안해했을 것 같다. 그 후로는 밤에 술에 취해 쓰러져 있는 사람을 보면 가까운 주변 관리실이던 경찰서든지 도움을 청하는 전화는 꼭 하게 된다.

횡단보도에서는 많은 사고가 일어나기도 하지만 이처럼 착한 마음을 가진 이들이 주변에 많아서 선한 사마리아인처럼 우리의 좋은 이웃이 되는 것이라 생각해 본다.

두 번째 애마를 잃고 나서

　3주 전이었다. 새벽기도를 가기 위해 차를 타고 집을 나섰다. 평소처럼 강원극동 방송을 들으며 아파트와 교회의 중간쯤 거리의 도로를 지나고 있을 때였다. 갑자기 조수석 쪽에서 '꽈~꽝, 우지직' 하는 자동차 충돌음을 들으며 눈을 감았다 떴다. 어둠 속에서 눈앞은 온통 하얀 홑이불이 나를 덮은 듯하고 안개처럼 연기가 피어올랐다. 자동차 충돌로 인하여 세 개의 에어백이 터지는 생소한 체험을 하게 된 것이다. 차에서 내리고 보니 왼손 엄지가 찢어져 피가 흘렀다. 119 대원이 임시 치료를 해주며 병원에 가서 꿰매야 한다고 했다. 보험회사에 전화하라는 누군가의 말에 ARS로 네다섯 번의 반복 전화를 건 다음에 겨우 보험회사 직원과 통화 연결이 되었다. 겉은

멀쩡한 듯싶었지만 새벽 날씨에 몸은 떨렸고 손가락도 생각도 듣는 귀도 제 기능을 다하지 못하는 것 같았다.

사고 결과는 블랙박스와 CCTV로 확인하여 상대방의 과실로 나왔다. 든든한 차 문과 에어백이 큰 사고를 막아주었지만 약한 허리는 그 충격으로 입원하여 물리치료를 받게 되었고 찢겨진 손가락도 치료받게 되었다.

그날 오후 공업사에 다녀온 아들은 차를 폐차해야 된다는 말을 전했고 차에 있던 물건들은 집에다 옮겨 두었다고 했다. 새벽까지 멀쩡히 타던 차를 다시 볼 수도 없게 되었다. 차를 탄 지 10년 2개월 만에 일어난 일이었다. 난 차와 헤어질 마음에 준비를 못 했다고 하자 아들은 찍어 온 차량의 모습을 보여 주었다. 차의 오른쪽 면이 심하게 부서져 있었다. 크게 부상당한 차의 모습은 다시 보고 싶은 마음이 사라지게 했다.

사고 나기 일주일 전쯤 자동차 내부 청소를 정성껏 한 적이 있었다. 차가 나를 살리고 자신은 죽었구나 하는 생각과 함께 청소하기를 잘했다는 생각이 들었다.

손가락 상처는 거의 아물었지만 허리는 나을 기미가 보이지 않는데 아들이 동영상을 보내왔다. 에어백이 터질 때 손가락의 위치에 따라 실리콘 손가락이 잘려 나가는 장면이었다.

"엄마, 짧고 뚱뚱한 못난이 손가락이라고 불편한 점을 말했지만 이 사고를 대비한 것 아닌가 싶어요."

아들의 말에 사고 또한 나쁘게만 생각하지 말자 마음먹었다.

얼마 전 나이가 70세가 넘으면 옷이며 그릇이며 사진과 서류까지도 어떻게 정리해야 하는지 동영상을 보면서 공감했었다. 그런 의미에서 자동차와 조금 빨리 헤어짐을 너무 아쉬워하지 말고 새로운 차를 구입하는 것도 다시 생각해 보기로 했다. 사람들은 젊은이들의 사고보다 노인들의 사고에 관심이 많다. 판단력과 민첩성이 떨어지는 것은 사실이나 왠지 억울하고 서럽게 느껴지기도 한다.

자동차가 정리되니 그에 따라서 정리되는 일들이 많았다. 비좁은 곳에서의 주차 걱정, 세차 걱정, 주유등에 노란 불이 들어오면 기름 넣을 걱정, 기름값이 올라도 걱정, 1월이면 보험료와 자동차세 납부할 걱정, 나이 70이 넘었다고 보험료도 많이 인상되었다. 뿐만 아니고 엔진 오일, 와이퍼, 타이어 등등 정기적으로 교체하고 수리할 일이 생기면 곧바로 해결하기보다는 일단 신경이 쓰여서 걱정부터 한다. 차로 인한 편리함보다 동시에 자주 발생하는 숙제 거리가 많다. 아파트에 늦게 들어와도 주차 자리 없을까 봐 걱정하지 않아도 된다. 뿐만 아니다. 도로마다 통행 속도가 다 달라서 속도위반에 얼마나 신경을 쓰고 다녀야 하는가.

버스 노선을 체크하고 다니면 되고 더군다나 아파트 정문에 버스 정류장이 있어서 좋다. 택시는 콜 하면 1분 안에 도착한다. 하지만 내 차로 움직일 때보다 시간의 손실이 큰 것은 사실이다. 이 나이에 남는 건 시간이다 생각하면 크게 문제될 건 없다.

폐차한 차를 군청에 신고하려고 가는데 길에서 만난 지인이 그러지 않아도 자동으로 된다고 말한다. 고장 한 번 없었고 십 년은 더 함께하리라 생각했는데 독일에서 시집 온 나의 두 번째 애마는 그렇게 하늘나라로 떠나고 혼자가 되었다.

2부

사랑을 말하다

1번 버스가 지나갑니다

1번 버스가 지나갑니다
1번이라 한 번 더 바라봅니다
진(津) 자가 껌딱지 같은 대진, 거진, 아야진

진(津) 자에서 바다 냄새가 나듯
사람도 생선마냥 비린내 품고 살던 곳
바닷속 물고기처럼 아이들이 자라던 포구

지척임에도 고향은 왜 그리운 건지
내 마음 달리는 버스에 무임승차합니다
나는 속초에 사는 고성 거진 사람입니다

어느 가을의 신혼 이야기

지난여름은 비로 얼룩지고 마스크에 모든 것이 가려진 채 지나가 버렸다.

요즘 제법 서늘해진 아침저녁 날씨에 한낮 햇볕도 그리 싫지 않아서 모자 없이 마스크만 하고 집을 나섰다.

누렇게 익은 벼 이삭을 보지도 못했는데 논마다 추수가 거의 끝나가고 있었다. 들판의 초록빛 잡초들은 생기를 잃고 시들어 가는데 하얀 망초꽃과 보랏빛 쑥부쟁이, 그리고 연분홍 코스모스가 은은한 색으로 곳곳에 빈 공간을 아름답게 메꾸어 주고 있었다. 마을 길을 벗어나 한참 동안 들길을 걷다 보니 해는 어느 사이 온기를 잃어가고 멀리 큰길가엔 시내버스가 잠시 멈춰 섰다가 손님을 내려 주고는 다시 출발을 한다. 장소는 다르지만 넓은 들판과 시골 마을의 모습이 비슷했던 신혼 때의 어느 가을이 생각났다.

그 시절엔 적지 않은 나이인 스물여덟과 스물일곱에 내가 근무하던 간성읍 광산국민학교 관사에서 신혼살림을 시작하였다. 퇴근하여 집에 오면 가장 먼저 아궁이에 불을 피웠다. 더운물을 쓰고 방에 군불을 때기 위해서였다. 불을 피우는 일은 요령이 없어서 밥과 반찬을 만드는 일보다 더 힘든 일이었다.

신랑은 진부령 밑에 위치한 장신 분교에 근무하며 시내버스로 출퇴근을 하였다. 퇴근 무렵 멀리 신작로에서 버스가 멈춰 서는 소리가 들리면 얼른 부엌 밖으로 나갔다. 그러면 어김없이 그이는 버스에서 내렸고 가슴 설레며 억새와 채소 밭길 사이로 걸어오는 모습을 바라보았다. 그 모습을 들키지 않으려 얼른 부엌으로 돌아와 현관문을 열 때까지 저녁 준비에 바쁜 척하였다. 그때 신랑은 버스에서 내려 연기가 올라가는 우리 집을 바라보며 또 반갑게 맞아 줄 아내 모습을 생각하며 행복한 마음으로 들길을 걸어왔을 것 같다.

지금 같으면 버스가 서는 곳까지 마중을 나가서 솜씨를 다해 준비했던 도시락 가방을 받아 들고 올 것 같다. 다정히 손이라도 잡고 걸어왔더라면 더 행복했을 것 같은데 난 부끄러움이 아주 많은 새댁이었다.

우리는 결혼하기 전 거진 읍내 서로 다른 학교에서 근무하였다. 남편은 클래식에서 가요에 이르기까지 모든 종류의 음악을 좋아하였고 합창 지도도 잘하는 음악 담당 선생님이었다. 그 시절 기준으로 볼 때 신장도 큰 편이고 외모도 준수한 편이어서 처녀 선생님들에게 인기가 많았던 것 같다. 어머니 연세의 여선생님들께도 사랑을 많이 받았던 성실하고 재주가 많은 총각 선생님이었다.

남편과 한 학교에 근무하던 친구 부부가 테니스를 치자는 핑계로 만남의 자리를 만들고 나를 불러내었다. 그날 만남이 결혼으로 이어지게 되었다.

난 결혼 후에도 전에 부르던 호칭을 딱히 바꾸지 못하고 '김 선생님'이라고 불렀다. 그러던 어느 날부터는 '김 선생님'이라 부르는 것도 왠지 어색하게 느껴져 불편하지만 호칭 없이 지냈다.

결혼 일 년 만에 큰아들 슬기가 태어나서 이 문제가 해결되었고 '슬기 아빠'라고 부를 수 있어 편하고 좋았다. '이 선생님'에서 '슬기 엄마'로 불리는 것도 행복했다. 어쩌면 아이가 말을 배울 때 처음

'엄마'라고 불렀던 것보다 남편이 '슬기 엄마'라고 불렀을 때가 더 행복했는지도 모르겠다.

강릉에서 시어머니가 오신 날이었다. 남편이 퇴근하여 현관문을 열며 "슬기 엄마" 하고 불렀는데 방에 계시던 시어머니가 '엄마' 소리만 들으셨는지 "그래." 하고 먼저 대답을 하셨다. 슬기 엄마를 불렀다고 굳이 하는 말에 부엌에 있던 난 대답 대신 민망해서 웃었다.

결혼생활을 하며 여러 가지 그의 도움을 받을 때가 많았지만 때로는 나를 의지하며 산다는 생각이 들 때도 있었다. 항상 현관문을 열면서 엄마 찾는 아이처럼 나를 찾을 때와 혼자 자려면 잠이 잘 오지 않는다고 어린아이처럼 말할 때이다.

'아내'는 '안 해'로 뜻을 풀이하면 '집안의 해'와 같은 존재라고 고등학교 국어 선생님께 들었던 말이 생각났다. 부족한 면이 많았어도 나는 '집안의 해' 역할을 한 것 같다.

언젠가 영화 〈내 마음의 풍금〉을 보며 주인공처럼 멋진 남편의 이십 대 젊은 교사 시절의 모습이 생각났다. 지금쯤은 학교장으로 퇴임했을 나이에 그는 내 곁에 없다. 이제는 추억 속에서 그리고 앨범

속 젊은이의 모습으로만 만날 수 있는 사람이 되었다. 서른여덟이 되던 해에 병으로 일 년을 투병하고는 우리 가족 곁을 일찍 떠나갔기 때문이다.

늦가을 낯선 도시에서 땅거미 지고 전깃불이 켜지는 시간이면 움직이는 많은 인파 속에서 느끼는 외로움이 있다. 그리고 햇볕의 따스함이 사라진 텅 빈 들판에 서서 갈대의 움직임을 바라보며 가슴으로 느끼는 쓸쓸함이 있다. 누구나 갖게 되는 늦가을이 주는 고독감이다. 지금 생각하면 신혼의 그 가을엔 계절이 주는 그런 외로움과 쓸쓸함을 전혀 모르고 살았던 것 같다. 이렇게 가을이 되면 가끔 수채화 그림 같은 나의 '어느 가을의 신혼 이야기'가 아름다운 꿈처럼 되살아나곤 한다.

사랑은 두 귀

　요즘은 종이 청첩장이 사라진 것 같다. 한 날짜에 두 곳에서 보낸 모바일 청첩장의 작은 글씨를 확대해 보며 날짜와 장소 등을 체크하느라 고생을 하였다.

　아주 오래전 결혼 청첩장을 인쇄소에 맡기기 전에 내용을 손수 적던 신랑이 생각났다. 결혼식을 보름쯤 앞둔 어느 날, 신랑은 꽃다발이 곱게 그려진 카드에 시를 써서 나에게 주었다.

　　사랑은 두 귀

　　한쪽 귀가 먹으면 한쪽 귀로 삽니다.

　　사랑은 모두가 귀

살포시 밀물져 오는

짙은 목숨의 물결에

나의 해가 떠오르고

세상은 온통 내 것이 됩니다.

이제 우리는 하나의 꽃으로 피려 합니다.

나의 얘기는 더 뜨거워질 것입니다.

더 아름다워지고 깨끗해질 것입니다.

나의 속은 더욱 길어질 수 있고

더 깊어지고 넓어질 것입니다.

　　　　　　　　　　—「날들을 기다리며…」(79. 1. 18.)

　이 글 외에 「나의 신부에게」, 「황제와 황후 같은 신념으로」 두 편의 시를 더 받았고 아직도 잘 보관하고 있다. 아쉬운 점은 내가 쓴 답장이 없다는 사실이다. 그 무렵 여러 가지 결혼 준비로 분주하고 바빴겠지만 실은 남편에 비해 문장력이 부족해서 쉽게 답장을 쓰지 못한 건 아닐까 싶다. 신부로서 어떤 마음을 가졌는지 신랑도 궁금했을 것이다. 나도 그때의 내 생각이 어땠는지 알고 싶은데 나는 글을 쓴 적이 없다. 그런 면에서 보면 결혼을 앞두고 글로 생각을 표현해준 남편이 참 고맙고 멋진 사람이었단 생각이 든다.

　남편을 만나게 된 것은 선이나 소개팅도 아니었다. 친구가 연결고리가 되어 주었고 자연스레 데이트가 이어지게 되었다. 몇 번의 데이트 후에 남편은 결혼해 달라는 말을 하였다. 이에 대답을 미루

기도 했었지만 남편은 주변 모두가 인정하는 성품이 따뜻하고 착한 사람이었다.

같은 지역 다른 학교에서 각각 6학년 담임을 하다가 다음 해 2월 결혼을 하였다. 결혼하고 3월 타 지역으로 발령을 받고 첫 신혼 살림집은 내가 근무하던 학교 관사였다. 지금도 집 구조와 출입문과 창문의 모습까지 눈에 선하다.

현관으로 들어서면 작은 마루가 있었고 두 개의 방으로 들어가는 방문이 있었다. 부엌엔 수도가 있었으나 물은 나오지 않아서 신랑이 퇴근 후 학교 수돗물을 길어다 주었다. 관사엔 화장실이 없어서 밤이면 무서워 손전등을 들고 학교 변소를 함께 다녔다. 24시간을 학교 울타리 안에서 생활하였고 남편을 '김 선생님'이라 호칭하였으니 가정생활도 학교생활의 연장인 셈이었다.

어느 날 꿈에 학교에서 사육하는 하얀 새끼 돼지 세 마리가 우리 부엌으로 들어왔다. 놀라서 부뚜막 위로 피해 올라갔지만 한 마리는 계속 달려들었는데 아마 태몽이었던 것 같다. 결혼 3개월 만에 시작된 입덧으로 과일만 먹는 나를 따라 남편도 자신도 입덧을 하는 것 같다고 말하였다. 봄철이라 과일도 귀했고 그러는 중에 가장 생각나는 것은 산딸기와 뽕나무 오디였다. 가게에서 파는 물건도 아니고 나오는 시기가 있기에 참고 기다리는 수밖에 없었다.

6월 어느 날 남편이 토요일에 자신이 근무하는 분교로 와서 자기 반 아이들에게 율동을 가르쳐 달라고 하였다. 버스에서 내리자 학교는 가까운 언덕 위에 있었다. 운동장을 지나 5, 6학년 교실을 찾았다. 남편보다 앞서 나온 여자아이 두 명이 나를 반겼다. 빨간 산딸기와 검보랏빛 오디가 섞여 담긴 바구니를 환영의 꽃다발처럼 건네주었다. 그 선물에 기뻐 반색하는 나에게 아이들은 학교 주변 산에서 쉽게 땄노라고 말했다. 소원하던 것을 먹어서인지 입덧한 이후 처음 저녁밥으로 육개장에 깍두기를 먹을 수가 있었다.

출산을 앞두고 임신한 사람이 갑자기 체중이 늘면서 생기는 배와 허벅지에 살이 트는 현상이 나에게는 없는데 남편에게 나타나서 부부는 일심동체라 그런가보다고 말해 서로 바라보며 웃었다.

출산 후에는 나를 따라 미역국을 매 끼니마다 잘 먹는 남편 때문에 국을 자주 끓여야 하는 시어머니께서 흉인 듯 흉이 아닌 듯 말씀을 하셔서 송구스럽기도 했다.

겨울방학 하는 날 아기를 낳아서 육아일기는 방학 내내 남편이 기록하였다. 아기 목욕도 혼자는 시켜본 적이 없을 정도로 항상 옆에서 도와주었다.

그 후에 둘째가 태어날 때는 경험치가 쌓여서 그런지 비교적 입덧도 덜하고 쉽게 출산도 하였다. 돌이 지나면 아이들을 목욕탕에 데리고 다니는 일을 즐거운 주말 행사로 여겼다. 이를 모르는 목욕탕에서 표 받는 아주머니는 "작은 아들은 엄마가 데리고 가지 그래요. 아빠가 두 명 다 씻기기 힘들 텐데."라고 매번 말하곤 했다. 지금과는 달리 그 시대에는 드문 다정다감하고 가정적인 남편 덕분에 일상의 행복을 누리며 살았다. 밥과 설거지만 혼자하고 나머지 가사일과 육아는 함께 하거나 남편이 맡아서 하는 일이 많았다. 난 맞벌이는 모두가 그렇게 사는 줄 알았다.

나의 신혼은 서툴고 부족함 속에도 꽃봉오리가 피어날 때처럼 아름답고 행복했던 시간이었던 것 같다.

편지

필요한 사진을 찾으려다 오래된 앨범 여러 권이 없어진 것을 뒤늦게 알게 되었다. 이사할 때 버리려고 내놓은 책들과 함께 실려 나갔나 보다. 지난 추억과 이야기를 박스에 담아 통째로 내다 버린 셈이다. 다행히 아이들 어릴 적 사진첩 서너 권은 책꽂이에 꽂혀 있었다. 그 안에서 봉투 하나가 나왔다. 그동안 잊고 있었던 귀중한 문서처럼 남편의 편지가 들어 있었고 그중 하나를 꺼내 읽었다.

여보, 당신.

당신이 없는 집안에는 눅눅한 습기와 함께 진한 커피 맛 같은 씁쓰레한 외로움이 감돌고 있소. 이렇게 서로가 헤어져 있으니까 있어야 할 사람과 같이 나누어야 할 시간들을 절실히 깨닫게 되는군.

누군가 가정은 사회와 직장에서 품고 온 모든 찌꺼기들을 말끔히 걷어내는 거름종이와 같다고 얘기했지. 가정에 돌아왔다 다시 직장으로 나아갈 때는 깨끗이 여과가 되어 싱싱함으로 하루를 시작할 수 있어야 하는데 요즈음은 붕 허공에 떠 있는 상태야. 가정에서는 주부와 엄마 노릇 직장에서는 선생님 노릇으로 바쁜 당신의 고달픔을 모르는 터는 아니었지만 이렇게 뼛속으로 느껴 보기는 처음이오. 내가 늘 모자라는 남편이어서 당신이 더 피곤할지도 몰라. 미안해. 항상 나는 당신에게 마음으로 편지를 쓰고 있었는데 이렇게 진짜 편지를 쓰려니까 할 말이 모두 달아나 버리는군.

다른 사람들처럼 술에 취해야 할 만큼 괴로움이 있는 것도 아니고 술에 젖어야 할 만큼 피곤한 것도 아니며 술에 모든 것을 맡겨야 할 만큼 용기 없는 인간도 아닌데 오늘은 취해보고 싶어서 맥주 두 병 마셨어.

언제나 그랬듯이 난 점점 또렷해지는군. 내가 쓰는 글씨가 술 취한 글씨 같아? 술 냄새가 나는 것 같아? 장식대 위, 사진 속에서 슬기가 눈을 동그랗게 뜨고 아빠를 지켜보는군. 우린 여느 부모들처럼 원치 않는 자식을 낳아 세상에 팽개쳐 버린 부모도 되지 말고 너무 자식에게 희생되어 버리는 부모도 아닌 그저 마을을 굽어보는 거목과도 같이 의연한 자세로 슬기를 키웁시다.

다른 남편들처럼 입으로 재주를 부리거나 물질로서 사랑을 표현한다거나 하는 얕은 재주가 없어서 당신은 언제나 재미없는 생활을 하고 있는지도 모르지. 또롱또롱 물통을 따라 내리는 낙숫물 소리가 점점 깊어지는 여름밤과 함께 당신을 그리는 내 마음속에도 흘러내리는군. 잘 자요.
안녕.

80. 7. 17

신혼 때 강습받으러 간 나에게 보내 준 편지이다.

남편은 내가 의지해야 되는 모든 순간마다 언제나 옆에 있어서 몸과 마음을 든든히 지켜주었다. 가족과 함께 길을 걸어갈 때면 나는 몇 발자국 뒤에서 앞서 걸어가는 남편의 뒷모습을 바라보며 가슴에 가득 채워지는 행복감에 미소가 지어졌다. 아이들을 키우는 일도 곁에서 많이 도와주었다. 집에서는 욕조에 목욕을 함께 시켰지만 목욕탕에 데리고 다니면서부터는 두 아이 모두 한 번도 여탕에 데려가 본 적이 없었다.

80년대 보기 드문 가정적인 남편이었고 아이들과 함께하기를 좋아하는 아빠였다. 그러나 어느 날 찾아온 병마와 싸우다 이기지 못하고 우리 곁을 떠나갔다. 큰 애가 초등학교 3학년, 작은 애가 1학년이던 겨울이었다.

그 당시 꿈속에서 남편을 만나는 건 그렇게 어렵지 않았고 그때마다 꿈이 현실처럼 느껴질 때가 많았다. 꿈에서라도 자주 만날 수 있는 건 다행이라 여겨졌다.

그 무렵 남편 사진을 보는 것보다 나에게 보내 준 편지를 읽다가 눈물을 흘리게 되는 경우가 많았다. 그래서 봉인하지는 않았지만 편지가 들어 있는 봉투를 타임캡슐에 넣어 두자고 마음먹었다. 그때는 시간이 고속도로 위로 빨리 지나가 환갑 넘은 할머니가 되었으면 했다.

신앙은 힘이 있고 능력이 있다. 하나님은 우리에게 감당할 만큼의 시련을 주신다는 성경 말씀을 생각하며 건강하게 마음을 지켜냈다. 사별의 아픔은 누구보다 컸지만 아무에게도 티 내지 않고 씩씩하게 살고자 노력하였다.

학교에서는 반 아이들이 있고 동료 교사들과 함께하며 집안일을 생각할 여유가 없었다. 집에서는 두 아들을 돌보며 신앙생활로 바쁘게 지내며 남편의 빈자리가 주는 상실감을 잘 이겨 낼 수 있었다.

세월을 나타내듯 누렇게 변색된 편지지가 아내에게 보내 준 멋진 선물이 되었다. 43년이 지난 뒤 같은 날짜에 하수관에 떨어지는 물

소리를 들으며 읽게 됨은 특별함이 숨어 있었다. 편지를 찾은 건 타임캡슐이 자동으로 열린 것이란 생각이 들었다. 다시 한번 읽어 보는데 귀에 들리듯 남편의 음성으로 조용히 들려왔다.

"여보, 당신"

내가 사랑한 당신은

　책꽂이의 책을 정리하다가 빛바랜 시집 한 권을 꺼내 들었다. 남편한테 선물로 받은 책인데 몇십 년 자리를 지키던 책이다. 첫 장에 실린 「내가 사랑하는 당신은」 시를 읽었다. 남편도 이 시가 마음에 들어 책을 사게 된 것은 아니었을까?

　오랜 시간이 흘러도 아물지 않은 상처 같은 아픔이 있다.

　삼십 대 후반 남편은 건강검진 후 간 수치가 높게 나와 재검을 받았다. 평소 병원에 다닌 적이 없던 터라 대수롭지 않게 여기며 몇 년이 지나갔다.

　설날 아침 시댁에서 먹은 음식 때문에 속이 불편하다고 하여 다음 날 아침을 먹지 않고 병원을 찾았다. 의사는 위내시경 검사를 하자고 했고 진료 결과 간경화로 인한 식도 출혈로 소견서를 써 주었다. 예상치 못했던 진료 결과에 눈앞이 깜깜해졌다. 남편은 갑자기 투병 생활을 시작한 환자가 되었다. 출혈 부위에 레이저 치료를 받으면서 식사로 죽을 먹어야 했다. 병 휴직이 되질 않아 학교에 출근을 하였고 어머니 합창과 어린이 합창 지도를 맡게 되었다. 도 대회까지 있는 합창대회로 저녁이면 파김치가 되어 집으로 돌아오곤 했다. 어머니들의 합창곡 〈그리운 금강산〉을 반복 연습한 탓에 집에서도 이명처럼 노랫 소리가 들리는 것 같다고 했다. 음악을 좋아하고 재능도 있어 늘 생활의 일부분을 차지했지만 이제는 건강하지 않은 몸이라 걱정이 많이 되었다.

88 서울 올림픽 대회가 한창인 가을이었다. 치료를 받기 위해 서울로 올라간 날 조금 늦은 점심을 먹기 위해 병원 근처 식당에 갔다. 식당 안에는 손님이 없었고 홀에는 그랜드 피아노가 놓여 있었다. 남편은 식사를 기다리며 피아노를 쳐도 된다는 허락을 받더니 피아노 앞에 앉았다. 악보도 없이 연주한 곡은 크시코스의 〈우편마차〉였다. 학교에서 아이들 합창으로 지도했던 곡인데 나에게 선물처럼 들

려주고 싶었던 것 같다.

그날 밤, 자는 중에 남편의 상태가 위급해져서 구급차에 실려 응급실로 갔다. 9개월 만에 두 번째로 닥쳐온 시련의 시작이었다. 중환자실에서 일반병실로 옮겨졌지만 산소 호흡기를 한 상태였다. 검사 결과는 간암으로 생존 6개월 판정이 내려졌다. 나는 쇼크로 양팔이 뒤틀리며 눈앞이 아늑해졌다. 올림픽 축제 중인 서울의 가을 하늘은 자동차의 2부제 운영으로 맑고 푸르렀다. 그러나 우리 가정에 드리운 슬픔은 바람 부는 겨울 들판 같았다.

병원에서 집으로 돌아온 후 중환자가 된 남편은 출근을 할 수가 없었고 간호를 위해 한 달간 학교를 쉬었던 난 출근을 해야 했다.

간을 치료하는데 민간요법이 좋다고 하여 시골 마을로 굼벵이를 사러 다녔고 아침마다 돌미나리와 케일 녹즙을 짰다. 구하기 힘든 과일인 아보카도를 사 왔지만 약보다 먹기를 싫어했다. 살아 있는 뱀장어를 가지고 우여곡절 끝에 만든 수프도 비위에 맞지 않아서 먹으려 하지 않았다. 의사는 병원에서 주는 약만 먹으라 했고 약으로 병을 고칠 수 있는 것도 아니라는 생각에 갈등할 수밖에 없었다.

어느 날 잠결에 남편의 기도 소리를 들었다. 아픔과 고통이 아내와 아이들이 아닌 본인이 감당하게 된 것이 다행임을 감사하는 내용이었다. 기도를 방해하지 않으려 어둠 속에서 기척 없이 누워 있었다. 그다음 날부터 부족한 믿음이었지만 기적을 바라며 새벽기도를 나가기 시작하였다.

춥고 밤이 긴 겨울이 왔다. 저녁 식사 후 전처럼 혼수상태가 와서 속초 병원에 두 번째 입원을 하게 되었다. 남편은 병원에서 출근하는 나에게 메모지에 쓴 편지를 건네주었다.

여보!

기다리는 13시간이 너무 길군요.

호수에 어느새 불빛이 어리고 별빛 같은 차량 불빛이 물같이 흐르네요. 빨리 와요. 보고 싶어요. 얼른 당신 손목을 만져보고 싶고 당신 음성을 듣고 싶어요. 당신의 정성에 보답하기 위해서라도 내 꼭 일어나서 하늘이 준 우리의 인연을 다 살고 싶어요. 당신이 자꾸만 기다려지는군요. 이 시내버스를 타고 오려나? 다음 버스에 내리려나. 멀리 학 목이 되어 창밖을 내다봅니다. 누워 있는 모습보다 앉아 있는 모습을 보이기 위해 다섯 시부터 여섯 시, 일곱 시 이제 여덟 시가 되면 또 앉아 보렵니다. 네

번이 되겠지요.

　하루 종일 지나간 우리들의 결혼생활 10년을 돌아보면서 울며 후회하면서 당신께 사죄하며 지냈습니다. 당신의 정성으로 일어나면 어떻게 하겠다고 계획하면서 막달라 마리아 같은 당신의 마음을 기다리면서 점점 예쁘게 곱게 느껴지는 당신을 느끼면서 보냈습니다.

　당신을 기다리는 시간은 너무도 오래 참아야 하는군요. 나 혼자 오래

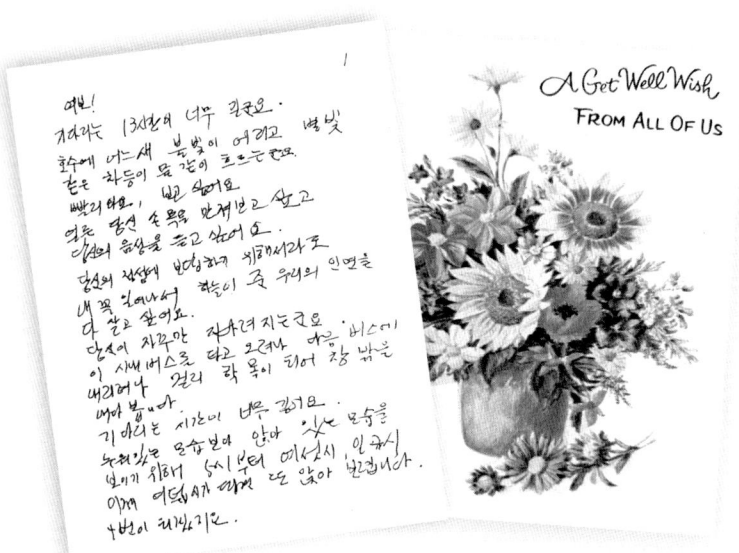

오래 참으면서 곱게 기다리겠습니다. 당신도 내 생각하셨겠지요? 어떻게요? 당신을 기다리는 시간은 눈물입니다. 온종일 울면서 기다립니다. 문밖의 인기척에 솔깃 당신이 더욱 기다려집니다. 사랑해요. 여보! 아주 너무 이렇게 많이, 아주 많이요.

편지를 읽은 건 출근하려고 버스를 기다리던 정류장에서였다. 남편은 매번 편지를 써서 힘든 나를 위로하였고 자신도 위로받고 싶었는지 모른다.

아이들은 외갓집에서 학교를 다니게 했고 시내버스로 고성과 속초를 오가며 몸은 늘 시간과 주어진 일에 쫓기며 살았다. 하나님을 의지하고자 하면서도 연약한 믿음은 흔들리는 배와 같았고 그 마음은 평안이 없이 불안했다.

처음 병을 진단받고 나서 일 년이 되는 날 남편은 떠나갔다. 학급 어머니들이 만든 하얀 미농지 꽃을 단 운구차는 겨울방학 중인 학교 운동장을 한 바퀴 돌고 난 뒤 동료 교사들과 학부모들의 눈물의 송별 인사를 받으며 정든 학교를 떠났다. 남편이 교정을 떠나는 순간 열정을 다해 지도했던 어머니 합창단의 〈그리운 금강산〉과 어린

이들이 불렀던 크시코스의 〈우편마차〉가 들리는 듯하고 피아노를 치던 남편의 모습과 지휘를 하던 모습도 함께 겹쳐 보이는 듯했다.

그는 능력 많고 성실해서 많은 이들에게 사랑받던 동기생 교사였고 착실하며 자상한 모범생 남편이었다. 아이들에게는 엄마보다 더 많이 함께 놀아 주고 돌봐 주던 좋은 아빠였다.

모든 것을 제쳐두고 병실에서 외롭지 않게 그 곁을 지켜주었더라면, 나도 사랑과 힘을 얻게 하는 편지를 써주어 읽으며 기뻐하게 했더라면. 남편이 떠난 후에 남는 후회스러움이었다.

두 아들은 이제 생전의 아빠 나이를 훌쩍 넘기고 내 나이도 일흔이 넘었다. 아직도 남편의 편지를 읽다 보면 눈시울이 젖는다. 병실에서 남편이 나를 기다리던 한 시간 또 한 시간처럼 난 그 한 시간 같은 십 년을 보내고 또 거듭거듭 보내고 있다. 나에게 큰 선물이 된 시집과 편지를 소중히 간직하고 감사하는 마음으로 읽고 또 읽으면서 말이다.

'사랑해요. 여보! 아주 너무 이렇게 많이, 아주 많이요.'

동화 같은 우리 집

남편이 쓴 편지의 일부이다. 남이 읽는다면 글을 쓴 사람이 남편인지 아내인지 구별이 되지 않을 것 같다는 생각이 들었다. 남편은 감성과 예술적 감각이 아내보다 뛰어났다.

당신을 기다리는 시간은 행복한 동화를 쓰는 시간입니다.

짙푸르고 맑은 공기와 예쁜 새소리가 울리는 숲속에 당신과 애들의 꾸밈없는 웃음이 멀리 퍼져나는 넓은 정원의 잔디밭을 가진 당신이 좋아하는 하얀 색의 저택을 지어보기도 하고 풍미 가득한 식탁에서 모두가 둘러앉아 좋아하는 요리를 만들기도 하고 당신과 함께 요술쟁이가 되어 날마다 날마다 행복을 만들어 내는 예쁜 동화를 쓰는 시간입니다.

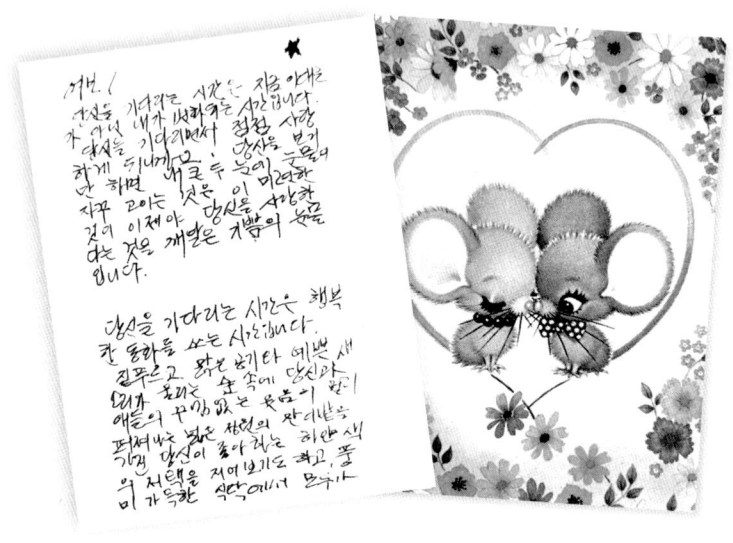

남편이 꿈꾸던 동화 같은 이야기는 우리 가정에 실현 가능한 일이었다. 지금 생각해 보니 우리는 가난했지만 젊음과 꿈이 있어서 만족하며 나름 행복을 가꾸며 살았던 것 같다.

80년대 초반에 우리 부부가 처음 장만한 집은 구호주택이라 불렸다. 60년대 후반 사라호 태풍으로 집을 잃은 사람들에게 정부가 지어준 공동 주택이었다. 이사 후, 살벌함이 느껴지는 철조망으로 된 울타리를 걷어내고 나지막한 나무 울타리를 만들어 세웠다. 울타리와 집 외벽에도 깨끗하게 하얀 페인트를 칠했다. 남향의 작은 마당엔 청포도 나무 한 그루와 재래식 변소가 있었다. 울타리 주변에 꽃과 꽃나무도 옮겨다 심으니 그림처럼 작고 예쁜 집이 되었다.

남편은 퇴근하여 집에 오면 바로 흰 러닝셔츠와 파자마 차림으로 방부터 깨끗이 걸레질했다. 흙길인 골목과 마당에서 종일 바람에 날려 들어온 흙먼지로 방바닥은 더럽혀져 있을 때가 많았다. 클래식 LP판을 텐 테이블 위에 올리고는 마당으로 나가서 풀도 뽑고 꽃에 물을 주던 모습이 눈앞에 그려진다.

부엌에서는 전기밥솥에 쌀을 안치고 석유곤로에 찌개와 반찬을 만드느라 분주한 젊은 새댁의 모습도 보인다.

저녁 식사 후, 설거지를 하는 엄마와 아빠 따라 머리에 수건을 두른 아이들이 양치하러 부엌으로 나오는 모습이 보인다. 엄마 따라 연못가로 나오는 새끼 오리들처럼 귀엽다. 설거지를 하는 동안에 아이들을 다 씻긴 아빠는 방에 이불을 펴놓고 누워 아이들과 이야기를 나눈다.

"어? 슬기는 노팬티구나."

"……."

"아빠, 난 하 팬티예요."

작은 아들 우람이 말에 2초간 공백이 있고 '껄껄껄' 남편의 웃음 소리에 방안을 들여다보던 엄마도 '깔깔깔' 웃는다.

아빠는 팬티를 입지 않은 슬기에게 '노팬티'라 말했고 꼼꼼한 성격에 아이는 노팬티 뜻을 생각하는 사이 작은 아들 우람이는 순발력 있게 흰 팬티를 입었다고 '하 팬티'를 말한 것인데 아빠와 엄만 '핫 팬티'로 듣고는 순간에 오해가 풀리며 웃었다.

하루의 일과가 모두 끝나면 아이들을 재우기 위해 불 끄고 자리에 누워서 하루에 있었던 일을 서로 이야기한다. 주로 아이들을 가르치며 학교생활 가운데 있었던 일화라 동료 교사와 이야기를 하듯 대화가 즐겁다. 그러다가 말이 없으면 한 사람이 먼저 잠든 상태다. 일상생활인데 지금 생각하면 그림 동화처럼 아름답게 느껴진다.

남편의 편지에는 앞으로 이루어질 미래를 꿈꾸며 글을 썼다면 나는 과거 우리 가정의 모습을 회상하며 글을 쓰고 있는 점이 다르다. 하지만 둘 다 동화 속의 이야기처럼 느껴지는 일상이라 아름답다.

실제 생활에서도 서로 의견이 다르고 한 사람이 좀 더 고집을 부린 경우가 있어도 결국 서로 하나로 맞추어 가곤 하였다. 결혼 생활 중에 몇 번의 말다툼만 있었던 이유이다. 지금 생각하면 행복한 가정의 조건에 환경과 형편은 1순위가 아니다. 마음의 여유와 사랑이 중요한 조건이라 여겨진다.

남편의 편지

　주변에 빨리 결혼한 친구들은 벌써 결혼 50주년인 금혼식을 맞이한 이야기를 한다. 나는 남편과 한 달이 부족한 십 년의 결혼 생활을 했으니 아쉬움이 많을 수밖에 없다.

　혼자 두 명의 아들을 키우고 결혼시키고 바쁘게 살다가 이제 시간적인 여유가 생기니 골인점을 가까이 두고 뛰어온 길을 되돌아보는 달리기 선수의 모습 같다.

　평생 걸어온 그 길에서 만났던 사람과 생겨났던 이야기들을 글로 적는 것은 삶의 흔적을 파도에 발자국이 지워지기 전에 사진으로 남기는 작업 같다. 남편과의 삶도 그렇다. 사진도 세월 속에 빛바래지고 희미해진다. 그러나 글은 변함없이 남게 되는 것 같다. 남편이 남겨 준 글이 그렇다. 오랜 세월 속에 변함이 없는 보석처럼 빛을 나타낸다. 꾸밈이 없는 진실함이 담겨진 글이라 그런 것 같다. 글을 쓰게 되면서 글 속에 가치를 새삼 발견하게 되었다.

남편이 병실에서 쓴 편지글이다.

여보,

당신을 기다리는 시간은 참회의 시간입니다. 지난 10년간의 결혼생활을 더듬으면 너무도 생각나는 것이 없는 바쁘고 허덕이는 시간들이라는 것을 후회합니다. 그리고 당신에게 정다운 참된 소리 한번 없이 그저 매일 심술만 부린 것 같은 게 여간 내가 미련하게 느껴지지 않는군요. 당신을 기다리는 시간은 굳은 결심의 마음을 기르는 시간입니다. 당신을 위해서 꼭 병을 떨쳐버리고 일어나겠어요. 그리고 당신을 업을 수 있을 만큼의 힘을 기르겠소.

우리의 넓은 안방을 당신을 등에 업고 그동안의 수고와 인내를 감사하며 한 바퀴 돌겠어요. 꼭 나아서 당신 앞에 굳게 일어서겠소.

남편은 나에게 부족함 없는 좋은 신랑이었다. 그런 사람과 금혼식을 맞이하면 너무나 좋았겠지만 어찌 보면 짧은 시간 안에 행복을 다 하지 않았나 생각된다. 누구나 시간이 지나고 나면 내가 잘한 것은 감춰지고 부족했던 점만 생각난다고 한다. 편지를 읽으면서 남편도 그랬고 나도 그런 것 같다.

예전에는 편지로 인해 마음이 아플 때가 많았다. 젊은 나이에 나만이 겪는 슬픔이었다. 그러나 살 만큼 산 나이 탓일까? 소설 속에서 얻는 감동처럼 남편의 편지가 그렇다. 지금 나이에 들어볼 수 없는 그런 표현을 읽으며 어찌 마음에 사랑과 감사가 가득 채워지지 않겠는가. 남편은 오래전에 떠나고 곁에는 착한 두 아들이 있어 외롭지 않았고 슬픔도 이겨 낼 수 있었다. 때로는 삶 속에 행복한 날도 있었다.

남은 사람은 살아가기 마련이고 일찍 떠난 사람만 불쌍하다고 사람들은 말한다. 그 말에 수긍하기도 했다. 편지처럼 아쉬움 속에 세상을 떠나게 된 남편의 삶이 그렇다. 나에게 남겨 준 편지에 뒤늦은 답장을 쓰듯 글을 쓰면서 금혼식이 주는 의미를 생각해 보았다.

여보, 당신

여보, 당신

이렇게 불러 보기는 처음 같습니다. 당신도 나에게 편지에서만 '여보'라고 불렀지요. 10년의 결혼 생활은 너무 짧아서 다하지 못했던 일들이 많았던 것 같아요. 오랫동안 잊고 있다가 얼마 전 당신의 편지에서 첫 문장의 '여보 당신'은 감동이었습니다. 우린 한 번도 사용해 보지 못했던 호칭이라 생각했거든요.

단란하고 소소한 행복을 누리던 우리 가정에 불현듯 당신에게 닥쳐온 병마는 너울성 파도처럼 당신을 덮쳤고 우리는 길게 싸워보지도 못했습니다. 당신이 떠나고 당신의 편지를 읽으면 눈물이 마르지 않는 샘처럼 흘렸던 때가 있었어요.

몇십 년의 세월이 흘러 당신의 편지는 귀한 선물이 되어 돌아왔습니다. 당신은 어쩌면 몸이 아픈 중에도 이렇게 아름다운 글을 써서 오랜 세월 후에도 저의 마음을 감동시키는지요. 제가 이제야 당신의 글을 읽으며 내가 쉽게 당신의 편지에 답장을 쓰지 못한 이유를 알게 되었습니다. 당신의 글이 귀하여 여겨지며 두 아들에게도 우리를 아는 사람들에게도 전하고 나누고 싶다는 생각이 들었지요.

책을 내기에는 분량이 적어서 제가 처음 내는 수필집에 당신의 편지글을 소개하려고 합니다. 괜찮으시지요? 저의 첫 수필집 발간을 축하해 주실 거라 생각합니다.

장례를 치르고 처음 산소에 가던 날, 난 당신에 대한 그리움을 적다 보면 시집 한 권이 될 터이고, 그 책을 가장 먼저 가지고 오겠다고 약속을 했지요. 그 약속을 이제야 지키려고 합니다. 이 글은 당신이 병실에서 나에게 준 편지 일부입니다.

당신을 기다리는 시간은 호수 위를 힘 있게 날아올라 가는 갈매기를 배우는 시간입니다. 당신의 연약한 신체에서 우러나오는 굳은 의지를 생각하며 점점 못난 나는 고개가 숙여집니다.

많이 피곤하셨지요?

많이 시달렸지요?

많이 지쳐 있지요?

대단히 많이 수고했지요?

내 꼭 일어나서 갈매기처럼 높고 멀리 날아서 당신의 피곤함, 시달림, 지침, 수고로움을 모두 갖고 싶어요. 당신을 기다리는 시간은 플루트 연주를 감정을 넣어 하는 시간입니다. 정성을 다해 아름다운 음을 내려고 공기구멍을 여닫는 손가락처럼 정성스럽게 시계를 쳐다봅니다. 고개를 옆으로 돌려 피스에 조심스럽게 숨을 몰아넣으며 지휘자를 살피듯이 멀리 창 너머로 난 신작로에 당신이 탄 차는 저 버스일까? 이 버스에서 당신이 내릴까? 몇 번이고 허탕으로 버스를 놓치면서 당신을 기다립니다. 검게 덮인 구름 하늘에 별빛도 없이 호수 위에는 은구슬 같은 가로등, 주택의 불빛, 자동차의 빛이 드리웁니다.

당신을 기다리는 시간은 추측과 연상을 하며 보내는 시간입니다. 지친 나에게 얼마나 밝은 빛으로 다가서서 즐거움과 힘을 줄까? 힘 빠진 나에게 얼마나 기쁘게 다가서며 희망과 용기를 줄까? 바쁘게 추측을 하며 시간을 보냅니다.

하늘이 무너져 내려도 땅이 꺼져 버려도 당신은 나의 사랑 그 자체입니다. 당신이 나를 사랑해 준다면 나는 아무 두려움도 무서움도 갖지 않겠어요. 당신이 나를 사랑하지 않는다면 나는 왕이 되어도 이 세상에 모든 황금을 거머쥐어도 나는 아무것도 아닙니다. 사랑합니다. 너무나도 당신을 사랑합니다. 10년을 후회한 사랑을 한꺼번에 모두 드립니다.

39세 젊은이의 모습으로 환자복을 입고 침대에 앉아서 창밖을 보며 편지를 쓰는 당신이 눈앞에 보이는 듯합니다. 그때의 모든 슬픔은 잔잔해진 파도처럼 다 사라지고 당신이 전해 준 사랑의 마음만이 글에 남았습니다.

지금 글을 쓰고 있는 제 모습을 상상해 보세요. 73세의 할머니인 제 모습이 상상이 되시나요? 당신도 은찬 이와 사랑이의 74세 된 할아버지랍니다. 손주들과 당신이 분명 예뻐하실 두 며느리도 다음 편지에 소개해 드려야겠네요. 생전에 당신에게 쓰지 못했던 편지를 이제 자주 쓰려고 합니다. 다음 편지를 기다리시며 편안하세요.

2025년 4월에 아내가 보냅니다.

슬기 아빠에게

참으로 오랜만에 당신을 불러봅니다. 어쩌지요, 오늘은 벌써 눈앞이 뿌옇게 흐려지네요. 대답도 할 수 없고 올 수도 없는 당신이기에 그동안 잘 참고 살아왔는데 말예요. 오늘은 처음으로 당신에게 말하지 못했던 이야기를 하며 위로를 받고 싶어서인가 봐요. 당신도 벌써 커다란 눈에 눈물을 글썽이는 건 아니시죠?

당신의 편지 일부분이 생각나는군요.

여보,

당신을 기다리는 시간은 금강석을 다듬는 시간입니다.

보고 싶은 마음에 눈물이 앞을 가려 보석 조각이 되어 떨어집니다.

조용히 마음을 가다듬으며 당신을 기다립니다.

당신의 이 편지가 오늘은 내가 쓴 편지 같다고 여겨집니다. 젊은 나이였지만 갑자기 닥쳐온 병마와 힘겨운 싸움이었고 안타까운 노력을 했었지요. 그 가운데 나에게 준 글은 이렇게 아름다운 시가 되어 읽고 또 읽게 됩니다.

여보, 당신.

나도 이렇게 불러 봅니다.

당신도 편지에서만 '여보'라고 불렀던 것 기억하나요? 오랫동안 잊고 있다가 얼마 전 당신의 편지에서 읽는 순간 느꼈던 건 나도 이런 호칭을 들은 적이 있구나 싶었어요. 단란하고 소소한 행복을 누리던 우리 가정에 불현듯 당신에게 닥쳐온 병마는 너무 강하고 우린 상대적으로 약했지요.

당신은 어쩌면 몸이 아픈 중에도 아름다운 글로 마음을 표현하고자 했는데 당신 편지에 답장 한 번 못 한 것 이제 후회를 한답니다. 이렇게 보낼 주소가 없는 지금에 와서 말입니다.

당신이 떠나고 송지호 집은 비워 두고 아이들과 거진 친정에 들어가서 살 때였습니다. 어느 성경 공부 시간이었습니다. 목사님께서는 성도들을 돌아보시며 몇몇 혼자되신 분들에게 '과부'라는 호칭에 대한 질문을 하셨어요. 그런데 아무도 대답을 잘 못하고 미소로 넘기는 바람에 그 질문은 저에게까지 넘어오게 되었지요. 석 달밖에 되지 않은 초자 과부는 그 질문에 말도 할 수 없었고 미소도 지을 수가 없었어요. 다만 눈물을 참기에 급급했지요. 시간이 끝나고 교회 밖으로 나오기까지 숨을 참는 고통 같았어요. 그날 집으로 바로 가지 못하고 불빛 없는 공중전화 박스 안에서 누가 들어 올까 봐 빈 전화기를 들고 한참을 서서 눈물을 삼켰답니다. 그날 그 질문에 이유는 생각이 나지 않지만 성경에는 과부와 고아를 불쌍히 여기신 말씀이 많이 나오잖아요.

이 이야기는 아무에게 한 적이 없습니다. 당신에게 처음 하게 되는데 마음 아파하실까봐 걱정이 되네요. 그 후엔 다행히 마음이 아프거나 눈물을 흘린 적이 거의 없이 살았답니다. 아무리 슬프다고 해도 당신과의 이별보다 슬프고 마음 아픈 일은 없으니까요.

당신과 헤어지고 그동안 들려드릴 이야기는 많지만 최근에 교통사고가 있었어요. 상대방의 과실로 생긴 접촉 사고였고 제 차는 폐차가 되었습니다. 다행히 하나님의 보호하심으로 크게 다친 곳은 없었어요. 난생처음 하얀 홑이불 같은 에어백이 앞면과 옆면, 다리 쪽까지 터져서 잠시 정신이 몽롱한 상태에서 나를 도와 줄 112에 신고할 생각을 했어요. 당신이 계셨더라면 제일 먼저 생각이 났겠지요. 살면서 안타깝고 힘든 일도 많았지만 다 괜찮았다고 여겼지요. 그런데 이번에는 당신의 걱정하는 말과 위로의 말이 듣고 싶었나 봐요. 대신 당신의 편지들을 꺼내 읽었답니다.

당신을 기다리는 시간은 잠시 동안 당신밖에 보이지 않는 청맹과니가 되는 시간입니다. 한순간 잠시 다가왔다가 그렇게 머물다가는 그런 사람이 아닌 오랜 세월을 기다려 준 아내로서의 당신밖에 보이지 않는 순수하고 알찬 시간입니다.

남편들도 아내 사랑하기를 제 몸같이 할지니 자기 아내를 사랑하는 자는 자기를 사랑하는 것이니라(에베소서 5:28).

옛날 자기 자신조차도 사랑하지 않았던 어리석은 때를 뉘우치며 사랑의 기쁨이 이렇게 눈물로 나타냄을 다시 한번 깨닫습니다.

생각했던 것처럼 당신의 편지는 위로가 되었습니다. 세상에서 사랑이란 단어보다 더 아름답고 위대한 말은 없는 것 같아요.

다음 편지에는 당신이 들어서 기쁘고 좋아할 내용의 이야기를 들려드릴게요. 당신이 들어서 슬퍼할 내용을 적어 마음이 좋지 않네요. 많은 세월이 흘러갔어도 이렇게 읽고 위로받을 글을 남겨 주셔서 고맙습니다. 내가 사랑하는 당신은 훌륭한 남편이며 또 존경하는 사람입니다.

2025년 3월에 아내가 보냅니다.

30분 결혼식

우리 교회 권사님 큰딸의 결혼식에 갔었다.

누구나 신부의 모습은 아름답기 마련이다. 평생 가장 아름답게 꾸밀 수 있고 주인공이 되는 날이기 때문이다. 그런데 요즘 결혼식에 가면 내 관심은 조연에 해당하는 양가 부모님, 그중에도 시어머니나 친정어머니가 어떻게 변신하였을까 싶어 더 기대와 관심이 간다.

3월에 아들을 결혼시킨 이 권사님의 우아한 한복에 감싸인 자태와 과하지 않은 청담동 화장에 감탄을 하며 하루가 지나면 원 상태로 돌아가야 함을 모두가 아쉬워했다. 그런데 오늘 4월의 신부가 된 우리 교회 유정 양은 기대한 만큼 예뻤고 내년에 결혼을 약속했다는 둘째는 바로 드레스를 입어도 좋을 만큼 아름다워서 감탄을 연발했다. 그 두 딸의 어머니인 이 권사님은 두 딸의 어머니답게 예상보다 더 아름다워서 환호성에 박수를 치게 만들었다. 학처럼 긴 목에 올린 머리와 핑크빛 화사한 한복은 어찌나 예쁘고 잘 어울리는지 다음 날 주일예배에 그 모습으로 예배를 드리면 하나님이 웃으시며 기뻐 받아주지 않으실까 생각해 보았다. 아름다운 어머니가 아름다운 딸을 낳을 확률이 높으니 내가 딸이 없음이 다행이란 생각도 하게 되었다.

요즘은 결혼식 순서에 주례사가 아예 없다. 처음 하는 결혼식답게 신부보다 더 긴장하던 신랑의 모습도 없다. 십여 년 전 아들 결혼식과 비교해도 많이 변해진 모습이다. 대기하고 있는 다음 차례로 인해 판에 찍어내듯 다음 차례의 결혼식이 순서를 기다리고 있었다. 결혼식은 30분 만에 끝나 버렸다.

목사님이 주례사를 해주시던 우리 아이들 결혼식이 생각났다. 더 지난 옛날 남편과 결혼식도 생각이 났다. 결혼사진이 담긴 앨범을 이사할 때 버리는 책과 함께 버리는 바람에 신혼여행 때 찍은 사진 한 장이 남아 있다.

결혼식 이틀 전에 남편이 예쁜 카드에 쓴 글이다.

나의 신부여!

이제 우리 앞에는 하나로 통하는

길밖에 없습니다.

꿈같은 생활도 아니고 비참한 생활은 더더욱 아닙니다.

우리가 피우려던 꽃이 타인들의

눈빛으로 꺾어지려고 했던 때를 기억합니다.

앞으로는 황제와 황후 같은

신념으로 생활하렵니다.

우리들의 건강과 웃음을 기원합니다.

79. 2. 3

요즘 결혼하는 젊은이들에게는 우리네 옛 결혼식의 모습이 전통 혼례를 올리던 과거의 모습처럼 보일지도 모른다. 그래도 예전의 엄숙한 결혼식이 더 좋다고 누구에게 강요할 수 없는 일이다. 남편의 글을 읽으니 클래식한 사랑과 결혼 이야기가 요즘 바닷가에 한창인 붉은 해당화의 향기처럼 생각나서 그립다.

나의 새부여!
이제 우리 앞에는 하나로 통하는
길 밖에 없읍니다.
꿈결은 생활이 아니고 비참한 생활
은 더더욱 아닙니다
  우리가 피우려던 꽃이 타인들의
눈빛으로 꺼져지게되고 했던 때를
기억합니다.
  앞으로는 황제와 황후같은
신념으로 생활하렵니다.
  우리들의 건강과 있음을
기원합니다
        79. 2. 3

향기를 추억하다

　화분에 심을 꽃나무를 사려고 자주 다니던 화원엘 갔다. 비닐하우스 속에는 아직 겨울철이라 종류가 몇 가지 없었는데 그곳에서 천리향이라 불리는 꽃나무를 처음 만나게 되었다. 새순인 듯 꽃봉오리인 듯 가지 끝에 무언가 달려 있었지만 향기는 없었다. 큰 기대 없이 꽃 화분 두 개를 구입하여 돌아왔다.

　화분은 다니는 교회 로비 양옆 테이블 위에 자리를 잡고는 몇 주가 지나갔다. 어느 날부터인가 잎사귀가 나고 테두리가 황금빛으로 선명해지더니 작은 분홍빛 꽃에서 나는 향기로 믿어지지 않을 정도의 아름다운 향기가 로비에 가득 퍼지기 시작했다. 나무도 크지 않은데 꽃도 작아서 쉽게 꽃향기의 발원지가 어딘지 모르는 사람들이 많았다. 이렇게 새로운 꽃향기는 몇 년 전 산국화 향기를 만났을 때처럼 기쁘고 행복한 마음이 들게 하였다.

인터넷으로 검색을 하니 천리향은 상인들이 만든 이름이고 본 이름은 서향이라고 한다. '상서로운 향기'라는 뜻이고 꽃말은 '꿈속의 사랑'이라고 한다. 왠지 강하지 않으면서도 온몸을 향기로 감싸는 것이 꽃말과도 어울린다고 생각되었다. 천리향보다는 서향으로 불리어지는 것이 꽃말과도 어울리지 않을까 싶다. 새롭게 좋아하는 꽃향기로 서향 하나가 추가되었다.

아침에 아파트 승강기를 탔다. 빈 공간이지만 스킨 향이 남아 있어 누군가 금방 타고 내렸음을 알 수 있었다. 외출하는 아들 또래의 젊은 남자일 거란 생각도 들었다. 승강기에서 내릴 때까지 내가 사위한 후처럼 상쾌함을 주었다. 한 아파트에 사는 얼굴도 모르는 누군가가 아주 가까운 이웃으로 느껴졌다.

문득 잊고 있었던 남편의 스킨 향이 생각났다. 그 향기는 분명하게 기억에 있지만 아직 한 번도 그와 같은 화장품을 사용하는 사람을 만난 적이 없다. 그래서 향수를 전문으로 다루는 곳을 찾아볼까 싶기도 하지만 첫사랑처럼 마음에 담아 두고 기억만 하는 것도 좋을까 싶다.

　오래전 친정아버지께서는 피우던 담배를 끊으셨다. 그래서 친정에서는 담배 냄새로부터 자유로웠다. 결혼 후 남편도 담배를 피우지 않았다. 숙직이 있는 날은 미리 숙직실 창문을 열어 놓고 재떨이를 비우고 나서 숙직을 선다고 했다. 그렇지 않으면 담배 냄새가 심해서 숙직하는 날이 고통스럽다고 했다.

　80~90년대까지 우리나라는 애연가들의 천국이었던 것 같다. 교무실에서 회의 중에도 담배를 피웠고 버스 안에서도 피웠고 화장실에서 피웠다. 화장실에서는 청소년들과 여자들이 숨어서 피울 수 있는 최적의 장소였다.

　결혼한 두 아들은 아버지와 같이 담배를 피우지 않는다. 주변에서 담배 피우는 이를 만나는 일도 드물다. 우리 아파트마저 금연 아파트이기도 하다.

　송창식이 부른 '담배 가게 아가씨는 예쁘다네.' 노래가 들려오는데 흥겹고 재미있다. 담배 가게도 보기 힘들고 담배 이름도 가격도 전혀 모르고 산다. 어느덧 흡연가가 기죽어 사는 비흡연 국가로 바뀐 듯하다. 누군가 모르는 소리! 하고 나무랄 수도 있다. 내가 금연의 장소만 다니니 그렇다고 말이다. 맞는 이야기이다. 다만 공공장소에서 비흡연자를 위한 존중이 법과 예절로 만들어지고 문화로 새로워졌기 때문이다. 참으로 몇십 년 사이 살기 좋은 나라로 변한 모습은 크게 박수를 칠만한 일인 것 같아 너무나 좋다.

친정어머니는 꽃을 좋아하셨다. 작은 들꽃이 아니라 존재감이 있고 색감이 화려한 꽃을 좋아하셨다. 향수도 좋아하셔서 선물로 사거나 또는 선물로 받은 것도 어머니께 가져다드리면 향기를 맡으시며 좋아하셨다. 그 어머니가 작년 봄에 돌아가셨다.

어머니를 생각하면 어릴 적 엄마 품에서 느끼던 젖 냄새와 화장품과 속옷과 몸 냄새가 함께 섞여서 가슴에서 만들어진 향기가 있었다. 나는 맏이라 젖을 계속 먹지는 못했어도 옆에서 그 향기를 맡으며 자랐나 보다. 향기로 기억되는 엄마는 마음마저 편안하게 만들어 준다. 훗날 내 가족이 나를 기억할 때 어떤 향기로 기억되면 좋을까 생각해 보았다.

3부

그리움은 남다

허난설헌 생가에서

봄볕 가득한 생가 툇마루에서

눈감고 솔바람 심호흡하며

난 꽃향기 코끝으로 더듬다가

명주 치맛자락 손끝에 닿았습니다

아픔과 슬픔이 고통 되어

바느질하듯 글을 쓰던 젊은 그녀

오뉴월에 시린 가슴

붉은 목단 꽃잎은 떨어졌습니다

진한 묵향이 남아 있을까

뒤채와 뒤뜰에 숨어 있을 그림자

안채도 부엌 안도 기웃거려 보았습니다

어릴 적 그녀와 숨바꼭질하듯

나의 「소나기」

　몇 년 전 문학회에서 양평 황순원 문학관 탐방이 있었다. 그곳에서 까맣게 잊고 있었던 소나기와 닮은 나의 어린 시절 이야기가 되살아나게 되었다. 마치 16mm 영사기에 돌려서 영화 한 편을 본 것처럼 생생하게 말이다.

　내가 자라고 성장한 곳은 강원도 고성군 읍내 어촌 마을이었다. 큰길 양쪽으로 살림채가 딸린 상가들이 있었고 우리 옆집은 '약방집'이었다. 그 집에는 나보다 한 살 위인 외동아들이 있었다. 부잣집 외동아들답게 하얀 피부와 오똑한 콧날, 착해 보이는 눈매와 깔끔한 입술은 교복을 입어도 귀티가 나서 동네 아이들과 구별이 되었다. 그 아이는 초등학교 고학년부터 서울로 유학을 갔고, 방학을 하면 가정교사와 함께 시골집으로 내려오곤 하였다.

중학생이 되고 나서 여름방학과 함께 기다리게 되는 건 그 아이의 귀향이었다. 옆집에 그 애가 내려왔다는 소식만으로 가슴이 콩닥콩닥 뛰거나 먼발치에서 바라만 봐도 심장이 두근거릴 정도로 나의 우상이 되었다. 만나면 인사말을 할 용기도 없으면서 골목이나 큰길에 그 아이의 모습이 나타나길 기다렸다.

옆집이라 해도 안채로 통하는 문은 약방과 연결되어 있어서 보통 옆집처럼 오갈 수가 없었다. 두 집 사이 작은 골목에는 그 집 안방의 창문만 밖으로 나 있어서 성벽에 쌓인 집 같았다. 반면 우리 집 안채는 여름이면 감추어진 공간 하나 없이 대문과 방문이 늘 활짝 열려 있었다. 선풍기도 없던 시대라 방문 앞에서 책을 읽거나 방학 숙제를 하고 있을 때가 많았다. 그래서 약방 집 아이는 지나는 길에 들어와 동생에게 하듯 말을 걸었다. 읽고 있는 책의 제목을 묻기도 하고 그림을 그릴 때는 잘 그린다는 식의 칭찬도 해주었다. 난 묻는 말에 겨우 단답형의 대답만 했었다.

그 시절엔 얼음 넣은 수박화채와 부채 하나로 무더운 여름을 보냈다. 뜨거운 햇볕 아래 아이들은 바닷가로 나가서 물놀이를 하며 온

몸이 흑설탕 빛이 되도록 태웠다.

　밤이면 또 어른들 틈에 끼어 밤마실 가듯이 수건과 팬티를 챙겨서 시내와 좀 떨어진 빨래터가 있는 강가로 나갔다. 그곳에는 씻는 장소가 남녀 구역으로 적당히 구분되어 있었다. 달빛도 없는 밤이라 얼굴을 볼 수 없어도 씻고 이야기를 나누는 데 어려움이 없었고 물속에서 시원함을 마음껏 누렸다. 더러 손전등을 가져온 어른들도 있었다. 건너편에서 간간이 들려오는 남자들의 말소리와 첨벙거림은 오히려 어둠 속에서 안도감을 주기도 하였다.

　그날 밤 강가에서 집으로 돌아오는 길에 일행 중에 뒤처진 나는 약방 집 아이를 만나게 되었다. 밤길을 함께 걸어오게 된 것은 행운 같은 일이었다. 갑자기 친구라도 된 듯이 친숙함이 느껴졌고 이야기를 하는 데 전처럼 어려움이 없었다. 돌부리에 걸려 넘어지는 순간 얼른 팔을 붙잡아 주었고 어두워서 걸으며 어깨가 부딪치기도 하였다. 약방 집 아이의 키가 나의 큰 키를 앞지른 것 같아 보여서 오히려 기분이 좋았다. 그러는 사이 시내가 가까워지면서 상가의 불빛으로 거리가 환해지자 내 걸음은 이유 없이 빨라졌다. 뒤에서 "같이 가자." 부르는 소리를 들으면서 대답도 없이 집으로 돌아오고 나서 이내 후회가 되었다.

　며칠 후, 저녁을 먹으며 어머니는 약방 집 식구들과 설악산에 다녀오신 이야기를 하셨다. 집에 있었으면 나도 데리고 가려 했다는 어머니의 이야기를 들으며 속이 상했다. 어른들을 따라갔던 그 아이도 내가 함께 가길 바라지 않았을까 생각되었다. 어머니가 찍은 사진 속에서 물 위 바위에 걸터앉은 아이의 모습을 볼 수 있었다. 아쉬움이 컸지만 여름방학이 다 끝나기도 전에 아이는 서울로 돌아갔다.

　어느 저녁 무렵이었다. 우리 집과 약방 집 사이 골목에서 우연히 그 집 창문을 통해 액자 속의 아이 사진을 보게 되었다. 사진은 창밖에서 보는 내 눈높이에 맞게 걸려 있었다. 매일 밤, 불이 켜지면 골목을 지나며 사진 속 아이를 바라보았다. 그 시간은 짧지만 누구에게 들키거나 방해받지도 않는 행복한 순간이었다. 이는 계절이 바뀌고 눈 내리는 겨울밤에도 계속 이어져 갔다.

　그다음 해 봄이었다. 약방 집 아저씨가 갑자기 쓰러지셨고 병원으로 옮겨졌으나 회복하지 못하고 돌아가셨다. 이것은 동네에 생긴 놀랍고 큰 사건이었다. 가끔 약 사러 심부름을 가면 어린 나에게도 인자한 웃음으로 반겨 주시고 다정히 말을 건네주시던 좋은 분이셨다.

아는 분이 돌아가신 것은 처음이라 부모님이 돌아가실까 봐 죽음에 대하여 막연한 두려움을 갖게 되었다.

얼마 후, 약방 집은 고향인 서울로 이사를 갔다. 그 후론 창문 밖에서 보던 그 애 사진을 볼 수 없었고 방학이 되어도 아이는 시골에 내려오지 않았다. 볼 수 없으면 마음에서도 서서히 멀어지게 마련이다. 이사를 간 후에도 가끔 생각이 나곤 했지만 그 집 이야기는 한 번도 듣지 못했다.

중학교 3학년이 될 쯤 우리 집도 가까운 옆 동네로 이사를 하였다. 난 읍내 중·고등학교를 졸업하고 춘천교대에 입학하였다. 담임 선생님의 배려와 도움이 컸다. 반 친구들은 내 일처럼 기뻐했고 축하해주었다. 처음 시골 생활을 벗어나게 되어 기뻤고 방학에는 집으로 내려오는 즐거움도 컸다.

교사 생활을 시작할 무렵이었던 것 같다. 약방 집 아이가 대학에 가지 않았다는 뜻밖의 이야기를 어머니께서 하셨다. 불행의 시작인 약방 집 아저씨가 돌아가셨을 때가 생각났다. 그때는 그 아이가 대학에 가지 않았다는 것이 그와 견줄 만큼 큰 사건처럼 느껴졌다. 가정사에 대한 이야기는 들었는지 못 들었는지조차 기억에 없지만 슬픈 소설이나 영화의 결말에 가슴이 먹먹해지듯 마음이 한동안 그렇게 아팠다.

얼마 전 고향 마을을 찾아갔다. 이제는 많은 것이 사라지고 변해버렸다. 어릴 적 설렘과 기쁨을 주던 골목길은 그림자와 같은 생기를 잃어버린 모습으로 자리를 지키고 있었다.

어머니와 아네모네

마트에 장을 보러 갔다가 꽃집 앞에서 발길을 멈추었다. 이름도 알 수 없는 아기자기한 꽃들이 제각이 아름다운 모습을 자랑하듯 피어 있었다. 그중에 보라 빛깔에 예쁜 꽃이 눈에 들어왔다. 전에 본 적 있는 아네모네꽃을 닮아 있었다. 그 꽃으로 인해 까마득히 오래전, 잊고 있었던 일 하나가 생각났다.

어린 시절부터 우리 가족은 읍내 상가에 딸린 살림집에서 살았다. 그래서 앞마당은 큰길 도로였고 뒷마당은 있어도 빨랫줄과 장독 몇 개 세워 놓을 정도의 비좁은 공간이었다.

어느 날, 묻어 두었던 장독을 파내고 나니 자그마한 땅이 생겼다.

어머니는 그곳에 화단을 꾸미셨고 어디에선가 구해 온 아네모네꽃을 심으셨다. 시멘트 바닥이라 풀 한 포기 나지 않던 곳에 손바닥마냥 작지만 꽃밭이 생긴 것은 우리 집에서는 아주 특별한 일이었다. 채송화, 백일홍, 봉숭아꽃이 화단에 중심이던 시절 아네모네는 생소한 이름과 함께 귀티 나는 아름다운 꽃이었다. 주변에서 쉽게 보던 꽃들에 비해 꽃잎과 색이 선명하며 화려했다. 가족들의 무관심 속에 어머니는 아침저녁으로 물을 주며 아기 돌보듯 꽃을 키우셨다. 비 오는 어느 날엔 꽃잎이 떨어질까 봐 비닐우산을 씌어주시기도 하셨다. 그날은 학교에서 비를 맞고 집으로 돌아와 기억에 새롭다. 아네모네꽃은 어머니에게 딸 많은 집 늦둥이 아들 같은 대우를 받았던 것 같다.

어느 날 비 온 후, 우리 집 지붕의 비가 새는 곳이 생겨 수리를 하게 되었다. 아버지께서 지붕 수리에 필요한 자재를 놓기 위해 화단의 꽃을 뽑아 처마 위에 던져 놓으셨다. 어머니가 외출한 사이에 일어난 일이었다. 이 일로 우리 집에 생전 처음 생긴 꽃밭은 허무하게 사라져 버렸고, 부모님이 자주 말다툼하는 계기가 되었다. 그때는 어머니를 이해하는 것보다 매번 그 일 때문에 당하시는 아버지가 안됐다는 생각을 더 많이 했던 것 같다.

어머니의 고향은 황해도 사리원으로 실향민이시다. 고향에서 막내딸로 사랑받고 자랐고 일제 강점기에도 여유롭게 별 고생을 모르고 사셨던 것 같다. 고향에서 외할아버지가 꽃밭과 화분에 화초도 다양하게 잘 가꾸셨던 이야기를 자주 들려주시곤 하셨다. 꽃을 좋아하는 이유가 외할아버지를 닮아서라고 하시며 어머니는 고향과 함께 외할아버지와 꽃밭도 늘 그리워하는 대상이었다.

친정집은 나중에 새로 집을 짓고도 터가 좁은 탓에 꽃밭은 만들 수가 없었다. 어머니는 꽃밭 대신 화분을 사서 집안에서 키우셨고 그 덕분에 한겨울에도 늘 한두 가지 꽃이 피어 있었다. 언제나 꽃을 보면 행복해하셔서 꽃다발이나 꽃바구니가 생기면 무조건 친정으로 가지고 갔다.

어머니는 큰딸인 나하고 7년 정도 계시다가 요양원에서 삼 년을 계셨다. 큰아들을 잃고 서서히 진행되어진 치매로 요양원으로 가시게 된 것이다. 그 후 어느 날부터, 며느리를 기억하지 못하시고 조카

들 얼굴도 잊으셨다. 어버이날과 생신 때 가지고 간 꽃에도 별 관심이 없으셨다.

몇십 년 전에 어머니가 잠깐 동안 사랑을 듬뿍 주었던 꽃 아네모네! 지나간 오랜 시간 동안 왜 한 번도 그 꽃이 생각나지 않았는지 모르겠다. 어머니가 요양원에 가시기 전에만 생각이 났더라도 꽃을 구해서 그 시절 이야기를 나누며 어머니를 즐겁게 해드릴 수 있었을 텐데….

우연히 꽃집 앞에서 어머니와 아네모네꽃에 얽힌 빛바랜 추억 하나를 찾게 되어 반가우면서 작년 96세로 우리 곁을 떠나신 어머니가 생각나서 쉽게 발걸음이 옮겨지지 않았다.

어떤 선물

선물로 받은 귀중품은 모두 의미를 담고 있어 더 가치 있게 느껴지는 것 같다.

오래전, 기억에 남는 선물 하나를 받은 적이 있다. 많은 사람들이 귀하게 여기는 금반지였지만 선물을 받고도 마음이 기쁘지 않았던 기억이 난다.

어린 시절 살던 동네에는 많은 식구로 인해 쉼 없이 문제가 생기고 그때마다 우리 집으로 오셔서 푸념을 늘어놓으시던 옆집 아주머니가 계셨다. 어머니와 아주머니가 이야기를 하고 계실 때 가끔 옆에서 귀동냥으로 듣기도 하고 심부름을 하며 슬쩍 듣게 되는 이야기가 많았다. 대부분 다섯 명의 딸과 세 명의 아들, 친척관계의 사람과 사이에 발생하는 이야기였다. 아주머니는 큰 대접에 냉수를 달라고 하실 때마다 벌컥벌컥 남기지 않고 다 드셨다. 몸집이 퉁퉁하신 편이었는데 유난히 수박을 좋아하셔서 쟁반에 수박을 담아 내가면 얼굴 표정뿐만 아니라, 온몸으로 반기시던 모습이 지금도 생각이 난다.

아주머니의 큰아들은 의사소통이 어려운 언어장애를 가지고 있었다. 고등학교 재학시절에는 사이클 선수로 활동하기도 하였으나 졸업 후 집에서만 생활하며 가족이 감당하기 힘든 성격장애자로 변해 갔다. 지나가는 사람이 자신을 쳐다본다는 이유로 주먹으로 치는가 하면, 달라는 용돈을 빨리 주지 않는다고 어머니에게도 폭력을 행하기도 하였다. 그래서 어떤 날은 그 아들을 피해 우리 집으로 도망쳐 오기도 하셨다. 그런 이유로 난 집 밖으로 나갈 때는 그 아주머니 아들이 있는지 먼저 살피게 되었고 눈길을 마주치지 않으려고 아예 땅바닥을 보며 다니기도 하였다.

아주머니는 그 아들을 감당할 수가 없어서 멀리 갱생원인지 정신병원인지로 보내는 결정을 하게 되었다. 나는 마음이 놓였고 옆집 아주머니도 맘고생을 덜 하게 되어 다행이라 생각하였다.

일 년쯤 지나고 여름방학이라 주문진에 사는 친척 집에 놀러 갔다가 돌아오는 날이었다. 시외버스정류장에서 버스를 타고 막 자리에 앉으려 하였다. 그런데 누군가 밖에서 유리문을 '똑똑' 두들기는 것이었다. 바로 옆집 그 아들이었다. 생각지도 않은 장소에서 생각지도 못한 모습으로 서서 반갑게 웃고 있었다. 세수는 언제 했는지 땟물이 흐르는 얼굴에 옷차림도 그렇고 깡통만 없는 거지차림이었다. 미처 상황 판단이 서지 않는 나에게 마침 버스정류장 직원이 오더니 아는 사람이냐고 물었다. 버스비 안 내도 되니 데리고 가라고 말하는데 냄새나는 쓰레기를 빨리 치우고 싶어하는 얼굴표정이었다. 싫지만 어쩔 수 없이 그를 옆에 앉혔다. 나보다 다섯 살쯤 위였는데 연신 싱글벙글 웃으며 좋아하는 모습은 천진스런 어린아이 같았다.

'그동안 얼마나 고생을 했을까? 집으로 갈 수 있게 되어 다행이다' 이런 생각은 미처 하지 못했다. 다만 달리는 버스 안에서 빨리 속초에 도착하기만을 바랐다. 도착 후에는 속초터미널에서 다시 巨津으로 가는 버스를 갈아타야 했다. 함께 가기 싫어서 속초에서 볼일이 있다고 말하고 혼자 갈 수 있겠냐고 물었다. 다행히 고개를 끄덕여서 차표를 끊고 버스를 태웠다. 나는 다음 버스로 집에 돌아왔다.

옆집 아주머니는 돌아온 탕자 같은 모습의 그 아들을 껴안고 많은 눈물을 흘리셨다고 한다. 그는 수용소 같은 곳을 탈출하여 어찌어찌 하여 주문진까지는 왔는데 사람들과 의사소통이 되지 않으니 주문진에서 巨津을 오지 못하고 오랜 시간을 그렇게 터미널에서 지내게 되었다고 한다. 나를 만나서 집으로 돌아오게 된 것과 속초에서 차표를 끊어주고 버스를 태워 준 것도 다 이야기를 했다고 아주머니께서 말씀하셨다. 아주머니는 내 손을 잡으시고 눈물을 흘리시며 고마워하셨다. 그 일 후 다행히 그 아들은 지나가는 사람들에게도 아주머니에게도 폭행하지 않고 잘 웃고 다니는 순둥이로 변해 있었다.

어느 날, 아주머니 가족은 집을 팔고 둘째 딸이 사는 곳으로 이사를 가신다고 하셨다. 하루는 우리 집에 오셔서 나를 부르셨다. 금반지가 담긴 작은 주머니를 건네주시며 마음과 같이 형편이 그렇지 못해서 한 돈짜리 밖에 못 사 와서 아쉽다고 말씀하셨다. 또한 고맙다고 평생 잊지 못할 거라 하시며 또 눈물을 글썽이셨다. 평소 잘 웃는 나는 웃지 못했고 고맙다는 인사도 못하고 그 선물을 받게 되었다. 나의 진실 된 마음을 모르는 아주머니께 죄송한 마음이 들었기 때문이었다. 그 시절 이웃 어른들께 착하다고 인정받는 아이이긴 했으나 19살 나이라 아주머니의 자식 사랑에 대한 마음의 깊이를 이해할 수가 없었던 것 같다.

거의 가족같이 지내던 이웃사촌의 이사로 많이 섭섭해하시는 어머니 옆에서 적절한 마음을 표현할 말을 끝내 찾지 못했다.

이사 하는 날, 멀미 때문에 버스를 탈 수 없으신 아주머니는 이삿짐을 실은 트럭을 타셨다고 한다. 이웃집 가족들은 그렇게 고향을 떠나 멀리 서울 근교로 이사를 가셨다. 지금 고향 동네에는 옛날 살던 이들은 거의 고향을 떠나거나 돌아가시고 몇 집만 후손들이 살고 있다.

선물을 전해 주시던 아주머니의 아픈 마음을 공감할 만큼 나이를 먹었고 마음을 담은 이야기도 전할 수 있는데 아주머니도 그 아들도 고인이 되셨다. 가끔 손가락에 끼어보곤 하던 반지도 얼마 전 이사할 때 부주의로 잃어버렸다.

세월은 강물처럼 쉼 없이 흐르고 그러는 가운데 사람도 모든 사물도 우리의 곁에 어떤 선물처럼 왔다가 사라지듯 떠나 버리는 것이 우리들의 삶인 것 같다.

이웃사촌 이 권사님

한 교회에 다니며 이웃사촌이시던 권사님이 계셨다. 신실한 믿음을 갖고 계셔서 신앙과 삶의 본을 보여 주시고 부모님 같으신 연세이지만 큰언니 같으신 분이셨다. 오래전에 초등교사로 명예퇴직을 하셔서 대선배님이시기도 하다.

자그마한 키에 아담한 체구를 가지신 권사님이 쏟아 내는 웃음소리는 여름날 시원한 펌프 물소리 같다. 모든 이야기는 즐거운 웃음소리로 시작하셨고 또 그 웃음 속에는 마중물처럼 즐거움을 이끌어 내는 힘이 있으셨다. 시원하게 잘생긴 이마에 반백의 커트 머리는 챙이 없는 모자가 더 잘 어울리신다. 한여름에도 찬바람엔 머리가 시린 탓이라며 쓰시는 모자와 녹내장과 백내장 때문에 쓰신다는 알이 큰 선글라스는 나이를 십 년 이상 감하는 역할을 한다. 패션 감각도 젊고 세련되어서 스무 살 아래인 나와도 같은 옷 가게를 자주 이용하셨다. 매사에 긍정적이며 듣는 사람을 기분 좋게 하는 칭찬의 말을 많이 사용하시는 분이시다. 칭찬받는 사람들은 초면에 스쳐 지나가는 사람일 경우가 많다. 목욕탕에서 나란히 앉아 목욕을 하다가 옆자리 사람에게 말을 건네신다.

"어머나 어쩜 피부가 이리도 깨끗할까? 얼굴도 예쁘고."

"피부가 희고 아름답네요. 발도 참 예쁘게 생겼어요."

그럴 때마다 나는 칭찬 받는 대상을 힐끔 쳐다보며 정말 그런가, 나도 모르게 확인하게 된다. 그러고 보면 정말 예쁜 곳을 잘 찾아내시곤 어김없이 칭찬의 말을 하시는구나 싶다. 말하는 본인도 옆에서 듣는 사람도 미소 짓게 되고, 당사자는 대부분 고맙다고 말하며 함박웃음을 짓는다.

때로는 때밀이 수건을 들고는 건너편에 있는 사람에게까지 가서 등을 밀어주고 오시는 때도 많다. 혼자 어렵게 등을 미는 사람을 보면 상대가 누구라도 그냥 지나치질 않으신다. 탕 안에서 안면 있는 분이라도 만나면 옆에 있던 나를 '딸 삼아 며느리 삼아 지내는 이웃'

으로 소개하시며 초등학교 교사라는 말도 **빼놓**지 않으신다. 그때마다 처음 보는 분들과 웃으며 인사를 나누게 된다. 처음에는 장소가 주는 어색함이 있었지만 한두 번이 아니기에 나중에는 별로 신경 쓰지 않게 되었다. 가끔 권사님의 매너저로 어울리지 않나 생각해 보기도 하는데 권사님은 나를 조금은 자랑삼아 소개하시는 것 같다. 탈의실에서는 개운함을 수준급의 콧노래로 가곡을 부르시거나 찬송가를 부르시기도 한다.

'일상에서 평안과 행복을 누리며 사시는 분' 하고 인정하게 된다.

20년 이상 함께하다 보니 식성도 닮아져서 목욕 후 막국수, 흐린 날에 칼국수, 비 오는 날 추어탕으로 음식 메뉴 결정에 단 몇 초의 시간도 필요치 않다. 가족보다 마음이 더 잘 통할 때가 많다.

길을 가다가 등에 업힌 아이, 유모차에 탄 아이, 아빠 손을 잡고 가는 아이를 만나게 된다면 거의 100퍼센트 그냥 지나쳐 가는 적이 없다. 그때그때 칭찬의 말을 꼭 해 주어서 부모들의 얼굴에 자랑스러운 미소가 번지며 "고맙습니다." 하는 인사말을 하게 만드신다. 그럴 때면 나는 옆에서 정말 그런가 싶어 또 말없이 살펴보게 된다. 그런데 목욕탕에서 어른들에게 하는 말과는 달리 절반은 내 생각과 다른 경우가 많다. 특히 "어쩜 이렇게 잘 생겼을까? 장군감이네." 이럴 때는 거의가 정답이 아니란 생각이 들지만 그러나 정말 입에 바른 소리가 아니라 그렇게 느끼고 하시는 말이란 걸 인정하게 된다.

요즘은 나의 마음에도 변화가 생겼다. 풋풋한 젊음 자체가 빛나는 아름다움이라고 이해하게 되었다. 꽃봉오리가 다 아름답듯 세상 모든 아기들이 예쁘고 사랑스럽다고 느끼게 된 것이다. 아름다움을 육안뿐만 아니라 사랑의 마음으로 바라보고 느끼게 되는 것 같다. 모두가 권사님 덕분이다.

남편 권사님과는 그 옛날에 한 학교에서 만나 연애결혼을 하셨다고 한다. 그리고 70년을 함께 살고 계신다. 외향적 성격에 애교도 많으셔서 나와는 같은 점이 거의 없지만, 점점 권사님과 닮아가는 것 같다.

오랜 시간 이웃사촌으로 지내시던 이 권사님이 뇌경색으로 갑자기 입원하게 되셨다. 그 후, 퇴원을 하시고는 병원에 다니기 쉬운 며느리가 사는 강릉으로 이사를 가시게 되었다. 벌써 5년 전 일이다.

주말마다 함께 다니던 온천장에 가면 늘 권사님 생각이 많이 난다. 이웃사촌이고 단짝 같으시던 권사님! 옆에서 든든한 후원자가 되시고 삶의 본보기가 되어 주신 고마우신 권사님. 그동안 고맙고 감사함을 말로 잘 표현하지 못했다. 이제는 호칭부터 '사랑하는 이 권사님'으로 불러드려야겠다.

냉이나물

아침 햇살이 닫힌 블라인드 틈새로 들어와 밖은 아주 맑은 봄 날씨임을 알렸다. 좋은 날씨에 어딘가 다녀와야 할 것 같았다.

설악산 소공원이 좋을까? 아니면 영랑호 주변을 산책할까?

그러다가 불현듯 양양 장날이 생각났다. 무심코 본 달력이 장날인 4일을 알려 주었다. 장 구경도 하고 필요한 물건도 사려고 집을 나섰다.

양양은 속초에서 자동차로 20분 거리라 간단한 옷차림으로 다녀오기에 딱 적합한 곳이다. 더군다나 새싹이 파릇파릇 돋아나는 가로수 길과 아름다운 해안가를 접한 7번 국도를 따뜻한 봄 햇살을 맞으며 달려갈 생각을 하니 마음이 즐거워졌다.

양양 장은 규모가 인근 지역에서는 가장 크고 다양한 물건들과 직접 재배한 제철 채소와 식품들을 살 수가 있어서 자주 가는 편이다. 여러 가지 모종에 꽃 화분과 유실수, 저렴하게 살 수 있는 농산물과 가까운 바다에서 잡아 온 수산물, 장마당에 펼쳐져 있는 각종 물건들을 내가 정한 코스에 따라 둘러보는 재미가 있다. 즉석에서 만들어 파는 도넛과 꽈배기, 송천 떡도 유명해서 자주 선택 품목에 들어간다. 자주 다니는 마트에 진열되어 있는 품목의 위치를 알고 있듯이 장날도 대충은 다 알고 찾아다닌다.

잔 멸치와 햇 미역을 사고는 송천 떡도 한 팩 구입한 다음, 나물을 많이 파는 골목길로 들어섰다. 아직은 계절이 일러서일까, 산나물은 별로 눈에 보이지 않는데 옹기종기 바구니와 비닐봉지에 담겨진 잡곡과 농산물이 정겹게 느껴졌다.

오가는 많은 사람들 사이에서 뽀얀 뿌리가 굵직하며 깨끗이 다듬어져 눈길이 가는 냉이를 발견하고 한 바구니를 샀다. 냉이는 봄철 필요한 영양가도 많지만 작은아들이 유일하게 잘 먹는 나물이기도 하다.

집에 돌아와 냉이를 데치는데 작은아들이 냉이는 일 년 내내 나는 나물이냐고 물었다. 한여름과 한겨울을 빼고는, 재배하지 않고 들에서 쉽게 캘 수 있는 나물이라고 대답해 주었더니 초등학교 4학년 때의 이야기를 들려주었다.

그 당시는 초등학생도 도시락을 싸가지고 다니던 시절이었다. 대부분 아이들은 소시지와 햄, 멸치볶음과 계란말이 등이 주 반찬이었는데 옆 짝은 일 년 내내 냉이 나물과 김치였다고 했다. 그래서인지 친구는 도시락 뚜껑을 활짝 열지도 않고, 아들의 반찬도 잘 먹으려 하지 않아서 항상 먼저 친구의 냉이 나물을 먹었다고 했다. 그러다 보니 자연히 좋아하는 반찬이 되었고 집에서도 잘 먹게 되었다고 한다.

나물이나 김치를 좋아하지 않는 아이가 유일하게 냉이 무침을 잘 먹는 것이 궁금하긴 했으나 어떤 특별한 이유가 있으리라 생각도 못 했는데 아들의 이야기를 듣고 마음이 흐뭇해졌다. 평소 이타심이 많은 아이가 되길 바라고 착한 심성을 가졌다고 느끼긴 했지만 대견한 마음이 들었다.

아들의 어린 시절 친했던 친구들의 안부를 물으며 이런저런 이야기를 나누게 되었다. 속초중학교 행정실에 근무하던 지인이 하던 이야기가 떠올랐다. 같은 행정실에 근무하는 기사님이 있는데 작은 아들과 초등학교와 중학교를 같이 다녔고 '정말로 착한 친구'라고 몇 번이나 했다던 말이 생각나서 전해주었다.

갑자기 아들이 상기된 얼굴로 "그래요? 그 친구가 바로 냉이나물 친구예요."라고 말했다. 어린 시절 서로의 마음을 잘 표현하지 않았지만 자신을 배려하는 친구의 고마웠던 일을 오랫동안 기억하고 있었나 보다.

냉이 나물 이야기로 만들어진 작은 우정이 담긴 퍼즐 그림이 오랜 시간이 지난 뒤에 완성된 듯싶었다.

"엄마, 그 친구 냉이 나물은 정말 맛이 있었어요."

아들이 등 뒤에서 다시 말하였다.

음식 솜씨 좋은 아들 친구의 어머니를 만날 수 있다면 나도 친구처럼 가까워질 수 있겠다는 생각을 해 보았다.

11월에 찾아온 친구

고등학교를 졸업한 반 친구들 중에 미모가 뛰어난 친구가 있었다. 어촌 마을에 어울리지 않는 우윳빛 피부, 쌍꺼풀진 커다란 눈, 속눈썹은 성냥개비가 올라갈 정도로 길었다. 뿐만 아니라 입술은 언제나 빨갛고 촉촉했다. 그 시절 영화배우 '문희'를 많이 닮았다. 처음 수업에 들어오신 선생님의 시선을 머물게 하기에 충분했다.

친구는 어릴 적 소아마비에 걸려 안타깝게도 한 쪽 다리를 많이 절었다. 중학교 땐 이를 고치기 위해 교실에서도 보조 기구가 달린 신발을 신고 있었다. 하지만 치료할 시기를 놓쳐서인지 별 효과는 없었던 것 같다.

친구는 간장 공장을 하시던 아버지께서 짐 싣는 자전거로 등하교를 시켜주셨다. 비교적 넉넉한 가정형편과 부모님의 살뜰한 보살핌 속에 살았다. 그러나 중학교 졸업을 앞두고 손발이 되어 주셨던 친구 아버지께서 갑자기 돌아가셨다.

읍내 고등학교에 입학하면서 그 친구와 한 반이 되었다. 어느 날부터인지 자연스레 친구 집에 들러서 책가방을 들어 주게 되었다. 학교까지는 친구 걸음에 맞추어 걷다 보면 40분 정도 걸렸다. 바람이 불거나 비 오는 날에는 가방을 두 개 든 나를 걱정했고 난 다리가 불편한 친구를 걱정하며 함께 걸었다. 삼 년을 함께하면서 그 일이 싫거나 힘들다고 생각한 적이 없었다. 당연히 할 일이라 생각하였고 언제나 그런 나를 친구는 고맙게 여겼다. 우리는 실업계 고등학교라 수예, 양재 등 작품을 만들어 제출해야 할 때가 많았다. 그때마다 친구는 자율학습에 시간을 더 가지라며 작품의 마무리를 대신해 주곤 하였다. 덕분에 모의고사에 좋은 성적을 얻었고 예비고사에도 합격하게 되었다. 담임 선생님의 권유로 교대에 진학하였다. 그 후, 전화기도 집집마다 없던 때라 친구와 연락과 만남도 뜸해져 갔다.

20여 년 세월이 흐르고 11월 어느 날, 그 친구가 찾아왔다. 여름

철에 어울릴 시폰 소재의 블라우스와 무릎길이의 치마를 입고 있었고 슬리퍼를 신고 있었다. 먼 거리 서울에서 왔다고 믿기지 않을 차림이었다. 오랜만에 만남이 반가우면서 세월의 흐름 속에 변해 버린 모습이 많아 안타까웠다.

저녁 식사 후, 마주 앉아서 지난 세월 속에 서로의 형편을 이야기하였다. 나는 두 아이와 친정에서 살게 된 이야기를 들려주었다. 자신도 결혼하지 않은 남동생과 서울 생활을 하며 그럭저럭 살아가고 있다고 했다. 고향도 아닌 곳에서 외롭고 힘든 일도 많을 텐데 가까운 교회에 다녀보라고 권했다. 동네에 있는 교회에 나가고 소모임에 참석도 했으나 계속 다니지는 못했다고 하였다.

친구는 고3 때 졸업 앨범 사진을 찍으러 뒷장이라 부르는 바닷가로 갔었던 이야기를 꺼냈다. 그때 사진 찍으러 가기 싫다는 친구를 겨우 설득하여 함께 갔던 기억이 났다. 뒷장 바닷가에서 조별로 몇 장의 사진을 찍은 후 새로운 장소를 찾아 모두들 등대가 있는 산으로 올라가자고 했다. 경사가 절벽처럼 가파르고 바위와 풀숲에 돌멩이마저 널려 있는 험한 길이었다. 불안한 마음이 있었지만 친구들을 따라 그 비탈길을 올라갈 수밖에 없었다. 앞서가는 친구들의 발이 미끄러질 때마다 돌멩이가 굴러 내려와 위험한 일이 생길 것만 같았다. 바로 코앞에서 친구의 발이 삐끗 미끄러질 때마다 양손을 내밀며 마음을 졸이고 올라갔던 일이 생생하게 기억났다. 친구가 졸업 사진에 빠지는 것이 싫어서 억지를 부려 만든 상황이었다. 다행히 내려올 때는 건너편 마을 길을 선택하여 큰 어려움 없이 돌아왔다. 그동안 까맣게 잊고 있었던 일이다.

평생을 두고 자신이 하지 못할 일을 경험하게 해 준 내가 고맙게 생각되었다고 한다. 그 일은 살아가면서 큰 힘이 되었고 이제 그 마음을 꼭 전하고 싶어 무작정 찾아왔다고 말했다. 이어 십만 원권 수표 두 장을 내밀며 자신의 마음을 꼭 받아달라고 하였다. 그 당시 꽤 큰 금액이었으며 마음이 내키지 않아서 한참 실랑이가 이어졌다. 그러나 작정을 하고 찾아온 친구를 이길 수가 없었다. 그 대신 양품점에서 사 온 가방과 신발, 속옷과 바지 한 벌을 꺼내놨다. 친구는 속옷 한 벌만 챙겨가겠다고 했다. 양쪽 발 사이즈가 달라 슬리퍼를 신을 수밖에 없음을 말했다. 뒤늦게 겨울에도 교복 스커트를 입었던 것과 가방을 들기가 힘들었던 일이 생각났다. 20년이 흘러가는 동안 친구에 대해 많은 것을 잊고 있었음을 깨달았다.

그날 밤, 받은 수표는 친구 지갑에 다시 넣어 두려 했으나 밤새 잠을 못 이루는 친구에게 지고 내가 먼저 잠들어 버렸다.

다음 날 아침, 11월인데도 겨울처럼 바람이 불고 갑자기 날씨가 추웠다. 친구는 속초로 빨리 가야 한다며 아침도 먹지 않고 집을 나섰다. 시내버스에 오르는데 운전기사가 깜짝 놀란 표정으로 친구의 위아래를 훑어보았다. 그 순간 친구의 생각과 뜻대로만 따르고 고집을 이겨내지 못한 것이 후회가 되었다. 그렇게 헤어진 이후, 다시 만나지 못했고 연락도 없었다.

어느 추운 날, 신세계 백화점 앞에서 계절에 맞지 않은 차림을 하고 지나가는 그 친구를 본 적이 있다는 이야기를 전해 듣게 되었다. 우리 집에 왔다가 돌아간 날일 거란 생각이 들었다. 그 후, 친구에 관한 이야기는 더 이상 듣지 못했다. 이 세상을 떠난 것은 맞는데 '어떻게, 왜'는 잘 모르겠다는 동창의 대답이었다.

멀리 떠날 것을 예감하고 왔었는지, 찾아와 자신의 마음만 전하고 떠나간 친구. 11월인데 바람이 불고 갑자기 날씨가 추워지면 불현듯 그 친구가 생각난다. 힘들었을 친구의 마지막 모습과 삶을 생각하면 아직도 마음이 아프다.

건망증

아침 식사 후 차를 마시며 연세대 김형석 명예교수님의 인터뷰 내용을 듣게 되었다. 육체적인 건강도 대단하시지만, 100년이 넘는 삶과 그 안목으로 우려낸 삶의 통찰력에 감탄하였다. 동시대에 그러한 분이 함께 계시는 것도 감사하다는 생각이 들었다. 정신적 가치를 모르는 사람이 많은 물질을 가지게 되면 오히려 불행해지고 이기주의자와 행복은 공존할 수 없다는 내용의 말씀과 인생의 사회적 가치는 60부터라고, 공부가 따로 있는 것이 아니라 책을 읽고 취미 활동하며 일하는 사람이 건강하다는 말씀이었다. 요즘 주변에 나이가 좀 있는 사람들은 어디가 아프다는 이야기 아니면 건강을 위해 뭘 먹고 어떻게 운동을 한다는 이야기가 대부분인데 새로운 자극이 되었다.

몇 년 전 동창 모임에서 점심을 먹고 차를 마시며 나눈 이야기의 주제가 건망증이었다. 서로가 건망증으로 인하여 생긴 일들을 실토하는 자리가 되었다. 한 친구가 장을 보러 재래시장에 갔다가 양손 가득 장을 봐서는 자기네 아파트 방향으로 가는 시내버스를 탔다고 했다. 얼마큼 가다가 남대천 둑방 아래 세워 둔 자동차가 생각났다고 한다. 그냥 집까지 가도 될 일을 당황하여 급하게 버스에서 내렸다고 했다. 무더위 속에 무거운 짐을 들고 고생했던 이야기에 모두가 웃으며 공감했다. 또 그 친구의 가까운 지인이 세워 둔 자가용을 도난당했다고 파출소에 신고하고 경찰관과 함께 현장으로 가는 길에 "아주머니 혹시 저기 빵집 앞에 있는 빨간 차가 아닙니까?" 하고 물었는데 그 차가 맞더라고 한다. 전날 빵을 사고 그냥 집으로 걸어간 다음 건망증으로 생긴 해프닝이었다.

이제는 다들 나이가 들면서 줄어든 기억력과 늘어난 건망증에 대해 이야기하면서 즐겁게 웃었지만 어느덧 먹은 나이를 탓하며 씁쓸해했었다.

건망증 이야기로 우리를 즐겁게 했던 그 친구가 강릉아산병원 로비에서 첫 개인전을 열게 되었다는 연락을 받았다. 이웃에 사는 친구와 함께 가기로 약속을 하고나니 한 시간 남짓한 거리에 오랜만의 외출이라 들뜬 마음에 손길이 분주해졌다. 전에는 집을 나서기 전, 차키와 휴대폰을 빠뜨리지 않고 챙기기 위해 가방 점검이 필요했지만 요즘은 현관 거울 앞에서 또 한 번 확인이 필요하다. 가끔 잊고 챙기지 않는 마스크 때문에 지하 주차장까지 내려갔다가 다시 올라온 적도 있다.

함께 갈 친구와 약속 시간 30분 전 현관문을 나섰다. 승강기 앞에서 옆집 아저씨를 만나 간단히 인사를 나누며 나는 지하 3층을, 옆집 아저씨는 지하 2층을 눌렀다. 내려가는 동안 전날 차를 어디에 세웠는지 다시 한번 생각하다가 그냥 옆집 아저씨를 따라 지하 2층에서 내렸다. 만일 차가 없다면 한 층 더 내려가는 편이 낫겠다고 생각했다. 다행히 내 차는 지하 2층에 있었다. 그런데 옆집 아저씨는 사방을 두리번거리더니 멋쩍은 표정으로 "지하 3층이었나?" 하더니 승강기로 다시 갔다. 순간 나에게 찾아온 손톱만큼 작은 행운에 미소가 나왔다. 주차장에서 차를 찾느라 오늘 같은 상황이 종종 벌어지는 경우가 많기 때문이다. 요즘은 주변에서 건망증보다 치매 걱정 하는 이들이 더 많다. 당장은 아니지만 앞으로 누구도 장담할 수 없 는 일이 되었기 때문이다.

건망증 때문에 걱정이 많다는 친구의 개인전을 축하하며 박수 쳐 주고 마음에 드는 그림도 한 점 골라서 사오려고 한다.

은찬이와 머리핀

큰손주 은찬이가 다섯 살 때의 이야기이다. 아들네가 직장 따라 포항으로 이사를 가게 되었고 둘째를 낳고 일을 쉬었던 며느리가 봄부터 새 일을 구해 맞벌이 부부로 살고 있었다.

그런데, 전국에 수족구가 유행하면서 은찬이도 수족구에 감염되었고, 둘째도 의심이 되는 상황이라고 연락이 왔다. 맞벌이 부부의 애환을 알기에, 여러 가지 일을 접어놓고 버스로 5시간을 달려 포항에 도착했다.

손주는 발바닥에 몇 개씩 물집이 보였고, 둘째는 열은 있으나 수족 구는 아니었다. 감염되어 회복기까지 일주일이면 된다고 했는데, 뒤늦게 확 돋아난 물집으로, 더 기다려 봐야 한다는 의사의 진단을 받고, 은찬이를 속초로 데려오게 되었다.

엄마 품을 처음 떠나게 되어 밤에 울기라도 하면 어쩌나 걱정이 되었는데, 아이가 대견하게도 엄마 아빠를 찾지 않고 잘 지내는 바람에 겸사겸사 3주를 함께 지내게 되었다. 은찬이는 스물네 시간 나의 껌딱지가 되어 아들들을 키울 때 미처 느끼지 못했던 재미와 즐거움을 듬뿍 안겨 주었다.

매주 토요일은 이웃에 사시는 권사님과 온천장으로 목욕을 가는 날이라 셋이 함께 갔다. 그런데 로비에서 표를 파는 직원이 5살 남아는 여탕에 곤란하다는 표정을 지었지만 다행히도 입장을 허락했다. 나는 사내아이 둘을 키웠는데도, 한 번도 목욕탕에 데리고 가본 적이 없었고 이번에 처음 손주를 데리고 간 것이다.

어느 사이 일주일이 지나고 목욕을 가야 하는데 손주 때문에 걱정이라 했더니 이웃 권사님이 아이 맡길 곳이 없어서 데리고 왔다고 말하면 될 거라 하신다. 지난번 목욕탕 로비에서의 일을 다 아는 은찬이에게 여자아이같이 머리핀을 꼽으면 여탕에 들어갈 수 있을 거라며 머리에 리본 핀을 꽂아 주었다. 아이는 썩 마음에 드는 표정은 아니었어도 내가 하는 대로 가만히 있었다. 우리 집에 와 있는 사이 앞머리가 많이 자라서 핀을 꽂아 주었더니 이마가 시원하게 보이고 하얀 피부라 여자아이 못지않게 예쁘게 보였다.

온천장 로비에 있는 종업원은 지난주에 그 종업원이 아니었고, 별 이야기 없이 자연스럽게 온천장 안으로 들어가게 되었다. 그런데 탈의실에서 은찬이가 머리핀을 빼지 않겠다고 고집을 부렸다. 리본 핀이라 물에 젖을뿐더러 핀을 잃어버릴 수도 있다고 설명을 해도 말을 듣지 않았다.

겨우 달래가며 이유를 물었더니 사람들이 자기를 남자라고 혼자 남탕으로 가라 할까 봐 그렇다고 하였다. 손주를 안심시키고는 훗날 생각하면 재미있을 추억거리가 될 것 같다며 권사님과 함께 웃었다.

무덥던 여름 날씨가 이삼일 만에 아침과 저녁은 제법 선선해졌다. 계절의 변화가 신기하기까지 하였다. 주말에 아들네를 따라 집으로 돌아간 손주가 보고 싶다는 생각이 들면서 은찬이와 머리핀이 생각났다. 문득 손주에게 "세상을 살아가며 경우에 따라 남을 속여도 되는 거야."라고 가르친 할머니가 되었다는 생각에 마음이 좀 불편해졌다. 아이에게 혹시 좋은 추억이 아닌 세상사는 요령을 가르친 것은 아닐까?

머리핀은 그냥 재미 삼은 장난이었다. 그러나 그 당시 아이에게
는 얼마나 마음 조이는 순간이었을까? 머리핀이 자기를 어려움에서
구했다고 생각하여 팬티는 벗어도 핀을 빼지 않으려 했던 은찬이가
많이 생각나고 보고 싶다.

그 여인

성경 말씀 요한복음 8장 1~11절에는 서기관들과 바리새인들이 간음한 여인을 끌고 예수님 앞으로 나오는 장면이 있다.

"이 여인은 간음하다 현장에서 잡혔나이다. 모세는 율법에 이러한 여인을 돌로 치라 하였는데 선생은 어떻게 말하겠나이까?"

그들이 이렇게 말함은 고발할 조건을 얻고자 하여 예수를 시험함이었다.

"너희 중에 죄 없는 자가 돌로 치라."

그들은 이 말씀을 듣고, 양심에 가책을 느껴 어른으로 시작하여 젊은이에 이르기까지 하나씩 하나씩 나가고 오직 예수와 그 가운데 여자만 남았더라.

"나도 너를 정죄하지 아니하노니 가서 다시는 죄를 범하지 말라."

하시니라. 예수님은 여인에게 무조건적 용서를 말씀하신다. 이 말씀을 읽다가 문득 고향 마을에 오래전 있었던 사건 하나가 떠올랐다.

시내에 살던 우리 집은 가게와 붙은 살림집이었다. 아버지가 잠깐 외출하실 때 가끔 가게를 보게 되었고 그럴 때마다 잡지나 소설책을 읽곤 하였다.

그날도 아버지가 외출을 하시게 되어 가게에 앉아 책을 읽다가 우연히 고개를 들었는데 눈앞에 충격적인 장면이 펼쳐졌다. 한 젊은 여인이 전라(全裸)의 모습에 맨발로 혼이 나간 표정으로 골목길에서 나와 큰 도로로 향하고 있었다. 그 뒤에는 한 남자가 두어 걸음 뒤에서 걷고 어린아이들 몇 명이 구경꾼으로 뒤따르고 있었다. 순간 벌떡 일어났으나 몸이 얼어붙은 듯 발을 움직일 수가 없었다. 그 여인은 작은 다리 위를 지나 병원이 있고 경찰서가 있는 방향으로 향했다. 큰길로 나서자마자 순식간에 몰려든 사람들 때문에 곧바로 모습이 가려져 보이지 않았다. 불과 몇 초 사이에 벌어진 일이었다. 잠시 후 마을에서 세탁소를 하며 신문사 기자 일을 하시는 분이 카메라를 들고 뛰어가는 모습이 보였다.

젊고 아름다운 몸매를 가진 그 여인이 만약 정신이 나간 상태라면 뒤따르는 남자의 존재가 이상스럽고 궁금했다. 상상도 할 수 없는 일을 목격하고 오후 내내 그 생각에만 몰두하였다. 궁금증에 빠져 있던 그날 저녁 무렵에 그 사건의 경위를 듣게 되었다. 문제의 여인은 총각과 내연의 관계를 맺었고 남편이 외도 사실을 알게 되었다고 한다. 그날 불륜 현장에서 아내가 붙잡히게 되었고 분노한 남편이 폭행을 가하며 거리로 나와 지서로 가던 상황이었다. 길가 양장점 주인이 가지고 나온 천으로 벗은 몸을 가려 주었고 지서에서 달려 나온 경찰관이 병원으로 데려가며 사건은 일단락되었다고 한다.

남자들의 장발과 여자들의 짧은 스커트 길이를 단속하던 시대쯤에 있었던 일이다. 동네 어른들은 이 사건으로 많은 뒷이야기가 오고 갔을 터이지만 당시 고등학생이었던 나의 기억에서는 완전히 지워지듯 사라진 일이었다. 그런데 머릿속에 깊이 저장되어 있었던 것처럼 모든 장면이 생생하게 되살아나는 것이 신기할 정도이다. 예수님을 만나고 용서받게 된 여인과 용서가 되지 않은 남편에 의해 거리로 내몰리게 된 그 여인을 비교해 보게 된다. 나 역시 구경꾼에 속하였지만 벗은 몸을 천으로 감싸 준 착한 사람도 있었다. 이 이야기를 통해 성경 말씀을 이해하는 데 도움이 되었다고 생각하는 동시에 2천여 년 전 이야기와 50여 년 전 사건이 결부되면서 간통죄가 없어진 요즘의 시대상을 포함하여 더 생각해 보게 되었다.

생각나는 제자

40년이 넘는 교직 생활을 하면서 특별히 기억에 남는 제자들이 있다. 그들이 지금은 어떤 모습으로 어떻게 살고 있을지 생각이 나고 궁금해질 때가 있다. 그럼에도 아쉽게도 이름도, 얼굴 모습도 생각나지 않는 경우가 많다.

결혼 후 간성읍 광산학교에서 5학년 남자아이들을 담임했었다. 그때는 남녀로 반을 나누던 시절이었다. 5학년 남자반이라면 여자반과 달리 학급을 이끌어 나가기가 쉽지 않았을 거라 여겨지지만 그곳 아이들은 착하고 성실하였다. 오히려 그 아이들을 통해 믿고 맡기며 듬직하게 여겼던 일들이 여러 가지 있었다.

그 학교는 도내에서 시범적으로 학교급식을 실시였는데 급식 후

나오는 음식 찌꺼기로 돼지를 사육하였다. 반 아이들은 당번 활동으로 먹이를 주는 일과 돼지우리 청소하는 일을 어려움 없이 척척하였다. 당연히 해야 할 일을 하듯 힘들어 하지도 않고 어른도 쉽지 않은 일을 불평 한마디 없이 했었다.

겨울이면 교실 난로에 장작불 피우는 일도 자청하였고 오후 청소할 때도 난로 속의 재를 안전하게 재거하는 등 칭찬할 일이 많았던 아이들이었다. 농사를 짓는 가정의 아이들이 많았지만 집에서도 그런 일을 하지 않았을 터인데 아이들은 너무나 착하고 순수하였다. 반 전체가 남자아이들인데 말썽을 피웠거나 힘들게 했던 기억은 전혀 없다.

이제는 오십 대 중반의 장년이 되었을 나이인데 그 아이들은 6학년도 아닌 5학년 때 담임을 기억이나 하고 있을까? 그때 이런 일이 있었다고 말하면 생각나기도 할 것 같은데 40년이 넘는 세월 탓일까? 이제는 아이들 이름과 모습도 생각나지 않지만 광산학교 하면 사진 한 장 없는 5학년이던 그 아이들이 생각이 난다. 지금은 모두 어떤 모습으로 살아가고 있을지 궁금해진다. 만난다 해도 알아나 볼 수 있을까 싶다.

그중에 특별히 생각나는 한 아이가 있는데 중간보다 작은 키에 앞뒤 짱구머리로 특별히 공부를 잘했고 반장을 해서 기억에 남는다. 집이 간성읍 어천리였던 기억 때문에 어천리라는 동네 이름만 들어도 그 아이가 생각나곤 했다.

어느 날, 고성문학회 회원과 속초에서 만나 간성에 있는 장례식장으로 조문을 가게 되었다. 그이가 어천리가 고향임을 알기에 이제는 성도 이름도 생각나지 않는 그 아이에 대해 혹시 알고나 있을까 싶어 물어보았다. 성조차 생각나지 않으니 공부를 특별히 잘했다는 점과 키가 별로 크지 않은 짱구머리 아이였고 80년에 5학년 남자 반이었다는 것을 이야기하였다.

"저도 지금은 떠나 산 지 오래돼서 동네일을 잘 몰라요."

아쉽지만 별 소득 없이 이야기는 그렇게 끝나 버렸다.

그런데 이야기의 반전은 뒤에 있었다. 자가용으로 30여 분 거리를 함께 가는 길이라 이야기는 계속되었다. 지인의 막내인 남동생이 광산초등학교를 나왔고 현재 모 지역에서 부장판사로 일한다며 이름이 ○○이라고 말했다.

순간 잠에서 깨어나듯 기억이 되살아났다.

"맞다, ○○이!"

오! 그동안 잊고 있던 이름, 어천리 하면 떠오르던 아이의 이름이었다.

"세월이 많이 흘러 동생이 선생님을 기억할는지 모르겠네요."

굳이 기억하지 못해도 괜찮다 싶었다. 내가 가르쳤던 아이가 사회에서 인정받고 존경받는 인물이 되었는데 이보다 더 기쁜 일이 있을까?

그 시절 ○○이를 포함한 반 아이들을 기억 저편에서 숨바꼭질처럼 찾다가 신데렐라의 신발을 찾은 듯 기쁜 날이 되었다. 이름 하나를 기억에서 찾았으니 그 반의 다른 아이들의 소식도 곧 듣게 될 날을 기대하게 되었다. 참 그러고 보니 아이들이 아니라 50대인 중장년이 되었음을 깜박 잊고 있었다.

딸 같은 아들

춘천에서 둘째 아들이 왔다. 딸이 없으면 딸 노릇하는 아들이 있게 마련이라는데 둘째가 그 역할을 하는 것 같다. 하루를 엄마와 함께 보내겠다고 일주일 전에 날짜와 시간 약속을 했다. 며느리를 출근시키고 바로 출발했다며 생각보다 이른 시간에 도착하였다.

물회를 먹고 싶다는 아들과 단골처럼 다니는 횟집엘 갔다. 이른 점심시간인데도 홀 안에 손님이 가득하였다. 주말도 아니고 휴가철도 아니건만 바다 뷰가 좋은 맛집으로 소문이 난 때문인 것 같다.

시원한 물회로 맛있게 식사를 마치고 나서 아들은 소화도 시킬 겸 걸어 다니면서 아직 재개발되지 않은 좁은 골목길을 카메라에 담고 싶다고 했다.

옛 모습이 사라져 가서 아쉬움이 많다는 말에 공감하며 골목길 탐방을 시작하였다. 전부터 걷기를 좋아하고 대로보다 좁은 길을 좋아하는 편이어서 늘 다니던 길과 새로운 골목길도 찾아가며 두어 시간을 걸어 다녔다.

속초에서는 가장 지은 지 오래된 아파트인데 나무가 자라서 공원처럼 울창하여 시원한 그늘을 만들어 주었다. 그늘 밑에는 나무 의자도 놓여 있어서 아들은 편의점에서 아이스커피를 사 왔다. 자연 바람은 에어컨 바람보다 좋고 주변에 사람도 없어서 조용히 대화하기도 좋아 카페보다 여러모로 좋다며 아들은 이야기를 이어갔다.

"작고 낡은 집일지라도 사람이 살고 있으면 온기와 다정함과 이야기가 그 모습 속에서 묻어나는 것 같아 좋아해요."

아들은 그러한 집들이 사라지기 전에 시간 나면 찍으러 다닌다고 하였다. 재개발로 사람들이 이사를 가고 미처 이사하지 못한 사정이 어려운 노인들이 몇몇 남아 있는 동네를 갔었다고 했다. 헌 옷도 깨끗한 상태로 사람이 입고 있는 모습과 입다 버린 옷처럼 사람의 손길이 닿지 않은 빈집은 느낌이 완전히 다르다고 말했다. 현대적 건물보다 옛날 집이나 사람의 손길이 느껴지고 낡았으나 깨끗하고 정리정돈이 되어 있는 마당과 심겨 있는 꽃을 보면 찍게 된다고 했다. 마음을 따뜻하게 해서 사진으로 남기고 싶은 좋은 풍경이라고 말했다.

다섯 시에 저녁으로 먹을 연잎 정식을 예약해 놓고 골목길 투어를 계속하였다. 전에 살던 아파트에서 초등학교 다닐 때 동전을 빼앗겼던 일, 중학교를 다닐 때는 신고 있던 신발을 또 한 번은 입고 있던 점퍼를 빼앗겼던 이야기를 했다. 그 옛날부터 골목길을 좋아해서 그런 것 같다며 위치와 상황을 설명하는 아들을 보며 당시 속상하고 힘들었을 일을 엄마에게 말하지 못하고 혼자 고민했을 착한 아들의 모습이 그려졌다. 눈 깜박할 사이 세월이 참 많이 흘러갔구나 싶었다.

남편도 딸도 없는 나에게 아들은 세 가지 역할을 감당하는 효자이다. 여러 가지 남편이 할 보호자 역할을 늘 하고 있다. 아들은 자상했던 남편을 많이 닮았다. 암 수술을 했을 때 모든 치료 과정에 아들은 함께 했다. 망막에 이상이 생겨 서울 순천향병원에서 수술을 할 때도 옆에 있었다. 눈길에 미끄러져서 팔이 부러졌을 때도 교통사고로 입원을 했을 때도 늘 달려와서는 보호자 역할을 해왔다. 남편이해 줄 일을 다 한 것이다. 딸 같은 역할이라 함은 시간을 내어 함께 여행하기를 좋아하고 산책을 하며 신앙 이야기도 하고 자신이 하는 일에 대해서도 많은 이야기를 나누곤 한다. 옷을 쇼핑할 때에도 옆에서 선택과 조언으로 도움을 준다. 그 옛날 남편이 하던 일이다. 큰아들은 거리도 멀고 직장 생활로 바빠서 시간적 여유가 늘 없다. 자영업에 해당하는 작은아들은 시간을 조정하면 가능하여 그 역할을 계속해 주고 있다. 아들로서의 든든한 역할도 하고 있으니 세 가지의 역할을 다하고 있다고 본다. 그래서 늘 고맙고 감사한 일이다. 다음 만남에는 아들이 좋아하는 무엇을 해줄까 생각해 두어야겠다.

4부

느낌표를 찍다

봄비

가지마다

빗방울이 터뜨린 꽃망울

작은 입 벌려

노래하는 봄날

펼쳐진 화지

바람 닿은 곳마다

어제 내린 비가 그려 낸

봄의 수채화

인제 자작나무 숲을 다녀오다

　인제 자작나무 숲을 소개하는 글을 읽고 나서 특별한 관심을 가지게 되었다. 외국 소설이나 그림의 배경이 되는 자작나무 숲은 어떤 모습일지 궁금함과 기대감 때문이었다.

　몇 번 갈 수 있는 기회가 있었다. 그러나 매번 겹쳐지는 일이 생기거나 입산 금지 기간에 걸리거나 하여 지척에 두고도 버킷 리스트에 넣는 장소가 되었다. 이런 이야기를 아들에게 했더니 바로 주말에 가자고 말했다. 이왕이면 친구와 함께 가는 것이 좋겠다 싶어 양양에 사는 친구에게도 전화를 했다.

　주말 아침, 전날은 종일 비가 내렸으나 다행히 화창하게 개인 하늘을 보며 마음은 해외여행이라도 가는 듯싶었다. 전에 다녀온 적이 있다는 아들 내외는 운전석과 조수석에 앉았다. 아이들이 어릴 적 네 식구가 여행 가던 때가 생각났다. 운전대를 잡은 아들의 뒷모습을 보며 이제는 보호자의 위치가 바뀐 것을 실감했다. 아이들을 챙기던 부모가 자녀의 챙김과 보호를 받는 노모가 되어 버렸다.

속초에서 출발하여 양양에서 친구를 태우고 한 시간여 만에 자작나무 숲으로 갈 수 있는 주차장에 도착하였다. 숲으로 가는 길은 여러 개의 코스가 있는데 1시간 30분 소요되는 중간 길을 선택했다. 평지가 아니니 편한 운동화를 신고 어느 정도 힘들게 걸어야 할 거리였다.

출발할 때에는 다소 쌀쌀한 날씨였지만 걷다 보니 바람이 상쾌하게 느껴졌고 어느 사이 장갑과 목도리는 벗어 배낭 속에 집어넣었다.

토요일이라 그런지 숲으로 가는 사람들은 생각보다 많았고 좁은 산길이 아니라 두어 명씩 짝을 지어 걸을 수 있어 좋았다. 한 시간 남짓 걷다 보니 몇 그루씩 보이던 자작나무는 점차 많아져 숲을 이루기 시작하였다. 산에서 흔히 보던 소나무나 참나무와 달리 곧게 뻗은 하얀 나무줄기의 숲은 감탄사를 연발할 정도로 아름답고 이색적이었다. 커다란 성안에 들어와 있는 듯 아늑함을 주었고 숲 사이를 거니는 사람들은 여유로움 속에 조용히 늦가을을 만끽하고 있었다.

파란 하늘을 배경으로 높은 나뭇가지 위의 자작 나뭇잎들은 바람에 움직이는 수만 마리의 노란 나비 떼였다. 한낮의 햇살은 잎새와 가지 사이로 내려와 은은한 빛으로 숲속을 비추고 있었다.

바람결에 가을을 담은 숲 향기가 코끝에 와 닿았고 움직이는 마른 풀잎들의 모습과 스치며 내는 소리가 잔잔한 실내악의 연주를 듣고 있는 듯했다. 눈을 감고 곧 다가올 흰 눈 쌓인 한 겨울의 숲속 모습을 상상해 보았다.

'하얀 눈과 잘 어울리는 흰 자작나무 숲은 얼마나 아름다울까? 봄에는 온통 연둣빛 잎으로 그림 같은 풍경이 꾸며지겠지. 여름은 새하얀 나무 기둥에 초록 잎의 어울림은 시원한 모시옷 같은 여름의 모습을 보여 줄 거야.'

자작나무 숲의 사계절의 모습을 그림 그리듯 상상해 보며 잠시 혼자만의 사색을 즐겨 보았다.

산속 숲은 평지보다 한두 시간 앞서 저녁 시간을 맞이하는 것 같다. 어느 사이 파장한 장터처럼 많은 사람들이 여기저기서 자리를 떠나고 있었다.

주차장으로 돌아오는 길은 서쪽 산으로 기울어진 해를 보며 발걸음을 부지런히 옮겼다. 미리 검색해 둔 인근 마을의 음식점으로 자동차를 타고 이동하였다. 한적한 곳에 위치한 레스토랑은 손님마저 없는 저녁 시간이라 실내외 잘 꾸며진 소품과 분위기를 감상하기에 좋았다. 때마침 지고 있는 아름다운 석양을 액자에 담긴 명화를 감상하듯 창문을 통해 바라보았다. 하루의 모든 일정이 아름답게 마무리되는 시간이었다. 소중한 사람들과의 동행으로 늦가을의 쓸쓸함은 전혀 느끼지 않아서 좋았다.

소설의 기대를 채워 주지 못하는 영화가 있다. 그러나 소설의 감동을 다 살려 낸 영화도 있다. 버킷 리스트에 넣을 만큼 기대했던 자작나무 숲이 그렇다. 출발할 때 설렘 못지않은 만족감으로 산행에서 돌아오는 길도 피곤하지 않았다.

전주 여행과 국밥집의 나무 도마

춘천 사는 아들이 어느 날 전주 한옥마을과 지리산 둘레길을 가보지 않겠냐고 물었다. 국내 유명 지역을 아직도 가보지 못한 엄마를 위해 바쁜 일정 가운데 시간을 내고서 연락을 한 것이다.

날씨도 화창한 4월에 이름처럼 우람한 아들과 함께 즐겁게 1박 2일의 여행을 떠났다. 그동안 코로나19로 인하여 단체여행은 물론이고 가족 모임과 동창 모임도 취소되는 경우가 많았다. 2년을 그렇게 지내고 봄이 되니 여행의 기회가 왔을 때 망설이지 말고 떠나는 것이 옳다는 생각이 들었다. 1박 2일이나 2박 3일 정도의 여행이 피곤치 않고 부담이 없어 좋은 것 같다.

여행은 눈으로 보며 사진으로 남기는 즐거움도 중요하지만 숙식도 그것에 못지않게 중요한 것 같다. 어느 정도 고급지고 깔끔한 숙소에 들어가면 여행의 행복지수는 상승된다. 또 맛있는 음식도 오래 기억에 남으니 그렇다.

어찌 바쁘게 살다 보니 전주 여행도 지리산 근처에 가는 것도 처음이다. 국내 여행이건 해외여행이건 처음이 주는 기대감과 설렘은 큰 것 같다.

아들은 숙박할 장소를 예약하였고 현지에서 맛보게 되는 전주비빔밥과 콩나물국밥은 우선 먹어야 할 메뉴로 정했다. 어두워서 도착한 한옥마을에서 저녁 식사로 전주비빔밥과 육전을 먹었다. 조금 늦은 저녁 시간임에도 손님으로 북적이는 식당은 큰 휴게소에서 식사하는 느낌이 났지만 관광지라 어쩔 수 없겠다 싶었다.

식사 후 TV에서 많이 보던 한옥 마을 길을 둘러보았는데 마을 규모가 생각보다 커서 한 시간 이상을 걸어 다녔다. 밤이라 낮에 즐길 수 있는 풍경을 놓쳐서 아쉽기도 했지만 벚꽃이 피어 있는 밤은 나름 운치가 있어 좋았다.

엄마와 딸이 함께하는 여행도 재미있겠지만 아들은 여행 내내 운전부터 밤길 안전까지 모든 것을 맡길 수 있어서 믿음직하고 든든함이 좋은 것 같다.

숙소는 깔끔한 편이라 흡족하였고 다음 날 일정 때문에 씻고 나서 바로 잠자리에 들었다. 아들의 코골이는 심한 편인데 내가 먼저 잘 때까지 기다렸는지 크게 방해받지 않고 평소만큼 잘 잤다.

다음 날 이른 아침, 서둘러 숙소를 나와 인근의 유명하다는 콩나물 국밥집을 찾아갔다. 현지에서 먹는 국밥은 더 특별할 거라는 기대감이 너무 커서인지 이른 시간 탓인지 특별한 맛을 못 느끼며 먹었다. 그렇지만 후에 생각나는 맛일 거란 생각이 들었다. 금강산 관광 가서 먹었던 평양냉면처럼 말이다.

식사를 마치고 나오는데 아들이 출입구 한쪽을 가리켰다. 유리 진열장 속에 들어 있는 도마였다. 가운데가 움푹 파여서 어떻게 칼질을 하였을지 싶은데 '삼대가 사용한 도마'라는 작은 팻말을 보고 감동이 되었다. 도마가 저런 모습으로 바뀔 때까지 삼대에 걸쳐 사용되어졌음에 숭고함이 느껴졌다. 쉽게 바꾸고 버려지는 것이 요즘 우리네 생활 모습이다.

오랜 시간이 만들어 낸 맛집의 증거물인 양 도마는 출입구 안 중앙에 자랑스럽게 놓여 있었다. 마치 설립자의 흉상처럼 오는 손님을 반기고 있었다. 만일 쓰레기장이나 집 뒤 곁에 놓여 있었다면 쓰임 다하여 버려진 쓰레기로 보였을지 모른다. 당당히 '삼대가 사용한 도마'란 이름표를 달고서 쉽게 만질 수 없는 진열관 속에 들어 있을 때 예술작품과 같은 모습으로 위치가 바뀐 것이다.

어디에 어떻게 놓여 있는가에 따라서 존재의 가치가 놀랍게 달라진다고 생각되었다. 가정에 가보처럼 이 식당의 소중한 유물이 된 것이다. 어쩜 도마 때문에 맛에 대한 평가마저 달라질 것 같은 생각이 들었다. 이른 아침 시간이라 식당 안은 한가했는데 도마 옆에서 기념사진 한 장 찍지 못한 아쉬움이 뒤늦게 들었다. 이미 자동차는 다음 행선지인 지리산 둘레길을 향하고 있었다.

마등령을 넘다

매일 바라다보는 설악산 대청봉을 아직 넘지 못한 일이 아쉽다. 한 번만 다녀왔더라도 이런 후회는 없을 텐데, 나이 때문에 이제 도전해 보기에는 어려울 것 같다는 생각 때문이다. 나의 결정에 따라 갈 수 있는 기회가 몇 번은 있었지만 다음으로 미룬 탓이다. 그러나 대청봉은 아니지만 마등령을 넘은 적은 있었다.

오십 대 초반쯤이었다.

"이번 휴일에 설악산에 가실래요?"

후배 선생님의 물음에 얼른 가겠다는 대답부터 하고는 등산 코스가 어떤 곳인지도 모르고 따라나선 적이 있다. 인솔자가 된 안 선생님은 평소 산을 자주 다니는 편이었고 다른 한 명은 이십 대 새내기

후배였다. 8시 전에 집을 나서느라 아침밥을 먹지 못한 우리는 비선대 계곡에 앉아서 안 선생님이 싸 온 김밥을 먹었다. 식사가 끝나고바로 금강굴 방향을 향해 올라갔다. 방금 먹은 밥이 소화에 장애가생긴 듯 배가 당기듯 아팠다. 울퉁불퉁한 돌을 계속 밟고 올라가는데 발바닥을 지압하는 수준을 넘어서 아파오기 시작하였다. 가파르고 바위와 돌멩이뿐인 길은 계속 고공 행진이었다. 등산배낭이 아닌가죽 가방의 어깨끈이 흘러내려 산을 오르는데 더욱 힘들게 하였다.죽을힘을 다해 산을 오르는데 다행히 앞장선 안 선생님이 바위에걸쳐 서서 조금 쉬다 가자고 하였다. 점퍼를 벗고 앉아 땀을 식히는데 우리와 반대로 백담사 방향에서 내려오는 사람들이 있었다. 산을오르면서 처음 만나는 사람들이라 반가웠었다. 남여 대여섯 명인 그들은 단체복처럼 등산복을 갖추어 입고 양손에 등산지팡이를 들고있었다. 옆을 지나치며 말하는 소리가 바람결에 들려왔다.

"아니 어떻게 저런 차림으로 이 산을 왔을까요?"

그들의 이야기에 나의 옷차림을 살펴보았다. 그때서야 신흥사나흔들바위 정도 가면 될 차림새였음을 알아차렸다. 맞았다. 출발할때 그런 마음으로 집을 나섰고 사실 등산에 관련된 아무런 장비 하나 없었다. 신발과 배낭도 그렇고 등산에 해당하는 옷차림도 아니다. 흘린 땀에 푹 젖은 티셔츠와 점퍼도 등산용이 아니다. 그제야 등산에 적절하지 못한 차림새로 더 힘들었던 것과 산을 오르면서 기본적으로 갖추어야 할 복장이 아님을 깨닫게 되었다. 지나가던 등산객들이 왜 그런 말을 했을지 생각하니 뒤늦게 창피한 마음이 들었다. 적절치 못한 차림으로 고생은 물론 기억에 남는 일이 되었다. 다른 두 사람을 힘들게 하면 민폐다 싶어 뒤처지지 않으려 노력했지만 결국 안 선생님은 내 배낭까지 받아 들고 올라갔다.

아무리 힘들고 고난 같은 길도 끝은 있는 법이다. 점심시간이 지나도록 걷다 보니 바위와 돌뿐인 길이 끝나고 흙길에 나무와 풀숲이 있는 길로 들어섰다. 숲으로 들어서자 새 힘이 생기는 듯하였다. 나무 그늘 아래 적당한 바위에 걸터앉아서 남겨둔 김밥을 점심으로 먹었다. 안 선생님은 백담사로 가기 전, 오세암에 들릴 건가를 우리에게 물었고 가는 길에 가까이 있다 하니 들려가기로 하였다.

돌길이 아닌 것만으로 걷는 길은 힘들지 않았고 10월 초 오후에 햇빛은 오전의 고난을 잊게 하였다. 암자에 도착해서는 한적하며 평온한 분위기가 좋아 음료수를 마시며 주저앉아 있는 우리에게 백담사로 출발하자고 서둘렀다. 숲 사이 오솔길은 나뭇가지 사이로 비추는 오후의 햇볕으로 여유롭고 평화로운 가을을 느끼게 하였다.

백담사는 신흥사와 다른 주변 경관을 가지고 있었다. 경내를 둘러보고 나서 하얀색 바위와 돌이 많은 계곡에서 손과 발을 씻으며 피로를 풀려고 하였다. 그때 안 선생님은 누군가에게 차 시간을 묻더니 빨리 버스가 있는 곳으로 뛰어가라고 소리를 쳤다. 셔틀버스를 놓치면 진부령으로 가는 막차 직행버스도 놓치게 된다고 하였다. 온 힘을 다해 뛰어서 출발하려던 차에 올라탔다. 마지막 셔틀 버스엔 사람들이 가득 타고 있었다.

7시에 집을 나서 시작한 산행은 밤 9시가 넘어서 집에 무사히 도착하며 잘 마무리되었다. 나중에 들은 이야기로 안 선생님은 남편에게 이 일로 야단을 들었다고 한다. 암벽 타기도 하는 남편과 젊었을 때 갔던 기억만으로 준비와 계획도 없이 산행을 했기 때문이라고 했다. 거기에 등산 경험이 없는 반 아이들 같은 두 명의 어른까지 책임지는 역할도 했으니 말이다.

그런 안 선생님 덕분에 난 등산다운 등산을 처음 하게 되어 여간 고마운 게 아니다. 금강굴 쪽으로 올라가는 마등령 등반은 대청봉과 견줄 만큼의 힘든 코스라는 말을 듣고 보니 감사하고 싶은 마음이 더욱 크다. 그 후, 등산용품을 거의 구비해 놓고는 고작 등반한 산이 청대산이나 고성산 화진포의 응봉산이다. 등산복이 굳이 필요 없는 비선대와 비룡폭포를 가곤 한다. 요즘은 산보다 곳곳에 잘 만들어진 둘레길을 즐겨 다니기 때문이기도 하다.

후배지만 모든 면에서 언니처럼 넉넉하고 듬직했던 모습의 안 선생님은 퇴직 후 연락이 끊겼다. 얼떨결에 고난이도에 마등령을 넘을 수 있도록 기회를 마련해 준 고마운 후배 안 선생님이 생각이 나고 커다란 눈에 늘 웃음 띤 선한 얼굴이 떠올라 갑자기 보고 싶어졌다. 밥을 먹으며 그때 이야기를 나누고 고마움을 표현하고도 싶은데 연락할 수 있는 방법을 찾아봐야겠다.

이스라엘을 다녀오다

신앙인들에게 성지 순례로 다녀오고 싶은 나라를 묻는다면 거의 이스라엘이라고 대답할 것 같다. 마음은 그래도 누구나 다녀오기 쉽지 않은 나라이기도 하다. 그 나라 상황과 여행시간과 경비, 동행할 사람 등 조건이 갖추어져야 하기 때문이다. 그래서 버킷 리스트에 넣어 둔 지가 몇 년이 지났다. 어느 날 우연찮게 서울에 사는 친구와 이야기 도중에 생각을 말했더니 선뜻 자기와 함께 가자고 하였다.

바울의 선교지 튀르키예와 그리스를 다녀온 지 10년 만에 이스라엘은 두 번째 성지 순례로 떠나게 되었다. 여행사가 정해지고 출발 날짜도 3월 30일로 잡혔다. 두 달이란 시간이 하루하루 기다림 속에 훌쩍 지나갔다. 공항에서 친구를 만나고 함께 여행할 일행들과 인사도 나누며 3시간만인 밤 8시에 출국하였다. 성경 속의 지명들을 떠올리며 기대와 설렘 속에 드디어 텔아비브 공항에 도착하였다.

이스라엘은 강원도 보다 작은 크기의 나라이다. 우리나라엔 산이 많은 것처럼 그곳은 광야가 70퍼센트 정도를 차지한다고 한다. 광야이지만 기후가 좋은 4월이라 곳곳에 예쁜 야생화가 피어 있어서 친구는 좋아라하며 사진 찍기에 바빴다. 아마 카메라에 찍힌 사진의 절반은 야생화와 식물 사진일 것 같다.

2주간의 여행은 오로지 이스라엘에만 집중하는 일정이었다. 갈릴리 호수에서의 새벽은 예수님과 베드로의 만남을 보는 듯한 감동을 느낄 수가 있었다. 한강 정도의 크기를 생각했던 요단강은 그 폭이 너무나 좁아서 놀랐고 건너편은 요르단과의 국경이라고 가이드는 주의 상황을 알려 주었다. 사해에서는 실제로 튜브 없이도 몸이 둥둥 뜨는 체험을 했다. 물의 염도는 잘못 물장구치다 눈에라도 물이 튀면 바로 물로 씻어야 하고 손으로 비비거나 하면 따가워 고생하게 되므로 강한 염도를 느낄 수가 있었다.

예수님 탄생기념교회와 예수님이 십자가 지시기 전에 기도하시던 감람산(산이라 부르기보다는 동산이나 작은 언덕)을 갔었다. 가이드는 예수님 당시에 있던 감람(올리브)나무를 찾아보라고 하는데 이 말에 수긍하게 되는 나무가 한 그루 비스듬히 서 있었다. 둘레를 잴 수 없는 큰 나무 기둥과 여러 개로 갈라진 가지엔 잎 하나 없고 메마른 껍질이 검은 미라와 같아서 나무의 나이가 그럴 거라 믿어졌다.

예루살렘 시내 호텔에서 숙박을 하여 새벽에 예수님이 십자가를 지고 걸으시던 그날의 행보를 현지 가이드 선교사의 안내를 따라 걷게 되었다. 제법 쌀쌀한 새벽 날씨에 옷깃을 여미며 걷는데 차량 위에 내린 이슬을 보라고 하였다. 지역 특성상 새벽마다 내리는 이슬로 인해 젖과 꿀이 흐르는 땅이 될 수 있음을 설명해 주셨다.

상가가 즐비한 골고다 언덕길은 이른 새벽 시간이라 상점 문을 열지 않아서 다행히 그 시대의 모습을 마음속으로 회상하는데 방해를 받지 않아 좋았다. 어느 지점에 이르러 예수님이 뒤를 따르는 여인들에게 돌아보시며 "나를 위해 울지 말고 너희 자녀들을 위해 울라." 하시던 위치에서 한 사람의 훌쩍임을 시작으로 남자들을 제외한 모두가 그 시대의 여인들처럼 울며 걸었고 대성통곡하듯 소리 내어 우는 이도 있었다. 날이 밝아져 서로를 보니 화장하지 않은 민낯에 모두들 눈이 부어 있었고 마음은 차분하게 가라앉은 모습들이었다. 십자가를 지기 위해 오르시던 마지막 언덕길은 그 시대의 모습 그대로 보전되어 있었다. 길 끝에는 십자가를 지신 예수님의 모습이 부조로 새겨져 있었다. 그 언덕길은 보수 작업 중이라 통행은 할 수 없었다. 예수님 당시에도 깔려 있었다는 돌바닥 길이 그대로 존재하는 것이 놀라웠다.

예루살렘 성안에는 물이 없어서 히스기야 왕 때에 전쟁을 대비해 팠다는 수로가 있었다. 돌산으로 되어 있는 지하를 손으로 파낸 거리가 16킬로미터라고 하였다. 물이 무릎 위까지 올라오는 곳도 있는 수로를 걸어가며 그 시대의 대단한 의지와 노력과 기술에 감탄하였다.

지금 예루살렘은 금요일엔 이슬람교도들이 예배드리고 토요일은 유대교인들이, 일요일은 기독교인들이 주일을 지키며 공존하는 지역이다.

성경에 나오는 대부분의 지역을 현장 체험하며 거의 다 돌아보았다. 직접 보면서 말씀을 이해하게 되는 부분이 많았다. 보지 않고 마음으로 믿는 믿음이 크다고 하지만 듣는 것과 보는 것의 차이는 확실히 다른 것 같다. 그래서 성지순례가 필요하다고 느꼈다.

담임 목사님과 우리 교회 성도들이 함께 성지순례를 떠날 수 있는 날이 빨리 왔으면 좋겠다는 생각이 새로운 장소를 갈 때마다 들었다.

　　여행이 막바지에 이르자 몸은 점점 무거워지고 캐리어도 무게를 더하여 갔다. 대추야자, 사해 소금, 선물하기 좋다고 추천받은 스카프는 스무 장이나 사서 여행 가방이 터질 듯하여 겨우 지퍼를 닫을 수가 있었다.

　　텔아비브 공항은 욥바 옆에 세워진 신도시에 있다. 공항으로 오는 버스 안에서 "이렇게 세계 수많은 사람들이 이 나라를 찾아오는데 정작 이 나라 사람들은 아직도 예수님을 선지자로 믿는데 변함이 없다니." 친구의 말에 고개를 끄덕여 보였다.

　　돌아오는 날까지 고추장과 김치 생각 한번 안 하고 현지식을 잘 먹었다. 그런데 공항 휴게실에서 누가 그때까지 아껴 두었던 컵라면을 내놓자 염치없게 한입만을 외치게 되었다. 그리고 맛을 본 한 젓가락에 라면과 한 모금의 국물 맛은 여행 중에 가장 잊을 수가 없는 맛이 되어 버렸다.

　　그해 12월 성탄 축하 발표회에는 '거룩한 밤'이란 제목의 무언극을 연출하였다. 우리나라 민속촌처럼 재현해 놓은 곳과 박물관 등을 방문하며 얻은 지식과 감각을 살려 의상과 소품을 준비하였다. 권사님들 중에서 배역 선정도 어울리게 캐스팅한 덕에 은혜와 즐거움이 배가 되는 공연이 되었다. 이스라엘 성지 순례로 얻은 첫 번째 성과였다. 나의 세 번째 성지순례는 언제가 될지 모르지만 우리 교회 성도님들과 함께 갈 수 있는 날이 되길 기대해 본다.

친구와 초계리 고택

고성 초계리에 사는 친구가 마당에 작약이 한창이라며 지기 전에 놀러 오라고 전화를 하였다.

대학 신입생 학우회 모임에서 만난 친구는 거진읍에 속한 시골 마을에 살았고 우리 집은 부둣가가 가까운 시내에 있었다. 행정 구역은 같은 읍내이지만 서로 다른 초중고를 다녔고 교대에 입학하여 처음 만나게 되었다. 거리상 가까운 지역이지만 교통이 불편하던 그 시절은 마치 영서와 영동과 같은 거리감을 가졌던 것 같다.

모임 후 친구와 자주 만나게 되었고, 여름방학에 자기 집에 오면 소달구지를 태워주겠노라며 꼭 놀러 오라고 말했다. 그해 여름, 약속한 대로 시내버스에서 내려 마중 나온 친구와 십리 길을 걸어서 초계리 마을에 도착하였다. 그때 소달구지는 못 타봤지만 시골마을에서의 향수와 추억을 갖게 되었다.

친구네 집은 양지바른 남향의 기와집이었다. 넓은 마당이 있고, 외양간 옆에는 크고 시원하게 느껴지던 부엌이 기억에 남는 집이었다.

스무 살 나이에도 친구는 참 부지런하였다. 바구니를 들고 뒤뜰로 나가더니 복숭아를 따왔고 불을 피우는가 싶더니 감자와 옥수수를 쪄 내놨다. 잠시도 쉬지 않고 무엇인가 일을 했고 열심히 이야기도 들려주었다. 여물 끓이던 큰 가마솥에 물을 끓여 목욕을 하던 이야기, 들과 산길을 돌아서 학교 다니던 어린 시절 이야기, 문학소녀의 꿈을 쌓던 학창 시절 이야기는 재미와 웃음을 동반했다. 친구는 읍내에서 온 나에게 여러 가지로 부지런히 손님 대접을 해주었다.

저녁을 먹고 나서 어두워지자, 친구는 수건과 속옷을 챙겨 들고 목욕을 가자고 했다. 오직 하늘에 별빛뿐인데 논길을 걷고 둑방을 넘어서 개울가로 갔다. 시원한 물속에 들어서는데 선녀와 나무꾼이 생각났다. 벗어 놓은 옷도 걱정이 되고 왠지 불안한데 어디선가 두런두런 이야기 소리와 첨벙이는 물소리까지 들렸다. 내가 두리번거리며 주변을 살피자 친구는 걱정하지 말라며 나를 안심시켰다. 긴장감 속에 느꼈던 시원함과 개울물 소리는 여름이면 생각나는 초계리에 대한 그리움이 되었다.

마당에 피운 모기향의 매콤한 연기가 거의 사라질 때까지 둘 사이에 이야기는 이어졌고 여름밤은 깊어갔다. 늦은 밤, 살며시 피어난 흰 박꽃의 모습은 「메밀꽃 필 무렵」에 소금을 뿌린 듯이 피어난 메밀꽃처럼 문학소녀들의 감성을 담기에 충분했고 은밀한 사랑 이야기가 어울릴 것 같은 밤이었다.

이른 새벽, 여물 끓이시던 부지런하신 친구 아버님도, 친구와 많이 닮은 어머니도, 명문대를 졸업한 마을의 수재였던 친구 오빠도 모두 고인이 되셨다. 지금은 친구 부부가 정년 퇴임 후 돌아와 고향집을 지키며 고향을 위해 많은 수고와 봉사를 하며 살고 있다.

어릴 적 소달구지를 태워 주겠다며 나를 부르던 친구는 이제 아름다운 작약꽃으로 나를 유혹한다. 친구와 걸어서 찾아가던 옛날 그 길을 승용차를 타고 음악을 들으며 여유롭게 드라이브하는데 커다란 초계리 표지석이 나를 반긴다. 마을의 집들이 한복에서 양복으로 옷을 갈아입은 듯 모습이 바뀌었다. 몇십 년 만에 찾은 친구네 한옥은 외양간이 없어지고 부엌 구조가 좀 바뀌었을 뿐 더욱 정갈해진 모습이었다. 붉은 작약이 한옥 마당에 어울리게 좌우로 가득히 아름답게 피어 있다. 화단 아래쪽 길옆에는 하얀 클로버꽃이 은은한 향기를 내며 그 옛날을 회상하게 했다. 친구 남편의 손길로 처마 밑 후면에 가지런히 쌓아 놓은 장작더미도 한옥과 잘 어울려 그림의 완성도를 높이는 역할을 하였다. 부엌은 옛날 모습 그대로 무쇠솥과 아궁이가 있었지만 살림하기 편리하게 개조되었다. 식탁 의자에 앉아서 차를 마시며 창문으로 바라보는 장독대와 토담은 액자 속의 그림처럼 아름답고 평화롭게 보여서 친구네 집을 오라고 한 시기에 잘 왔구나 싶었다.

친구네 고택에서 옛날 일을 회상하다 보니 세월의 흐름 속에 우리의 모습이 분장한 늙은이 모습처럼 느껴져 웃음이 나왔다. 친구 덕분에 초계리에서 추억을 더듬으며 오후 한나절 여유를 즐길 수 있어 그 옛날처럼 초대해 준 친구가 고마웠다.

간판 없는 대중목욕탕의 매력

생활하면서 일주일에 한 번 이상 꼭 가야 하는 장소로 대중목욕탕이 있다. 요즘 젊은이들은 아침저녁으로 샤워를 하니 이에 해당되지 않는다. 이는 나이대가 좀 있는 사람과의 이야기이다. 어릴 적 시골에 살았지만 목욕탕이 있는 읍내에 살았던 덕에 매주 목욕탕을 다녔다. 기억에 초등학교까지는 어머니가 때를 밀어줄 때 아팠던 기억뿐이다. 수증기가 가득한 탕 안은 호흡곤란이 느껴질 때도 있어서 싫었지만 매주 주말 때를 씻기 위해 의무적으로 다녔다.

세월이 많이 지나고 이십여 년 온천장으로 목욕을 다니면서 여건은 많이 달라졌고 목욕 문화를 즐기는 편이 되었다. 자가용이 생긴 덕이다. 온천물은 수질도 좋고 넓은 데다 시설도 훌륭해서 만족하는 곳이다. 하지만 연휴가 낀 주말에 잘못 갔다가는 많은 사람들 틈에 시장 안처럼 정신이 없을 때도 많다.

올봄에 이사한 동네 가까운 곳에 지역 주민들만 이용할 수 있는 대중목욕탕이 있는 걸 알게 되었다. 손님이 많을 것 같은 온천장을 피해 구경삼아 갔다. 입구에서 요금을 계산하다 깜짝 놀랐다. 육십오 세 이상이라 경로 혜택을 받아 요금이 삼천 원‼ 이는 몇십 년 전의 요금이다 싶었기 때문이다. 요금을 계산하고 계단을 따라 이층으로 올라가니 여탕과 남탕의 출입문이 양쪽으로 나뉘어 있었다. 목욕탕 시설은 탈의실을 포함하여 모두가 90년대를 회상하기에 좋은 드라마 세트장 같았다. 또 한 번 놀란 것은 탕 안에 붙여진 문구 때문이었다.

'빨래 금지'

그런데 옛날 생각이 나서 반가운 마음이 들었다. 세탁기는 물론 집에 수도도 없던 시절 입었던 속옷을 빨아가는 사람들이 있었다. 아직도 그 글귀를 목욕탕에서 볼 수 있다는 사실이 신기하였다.

입장료에 시설물과 안내문까지 과거로 돌아간 듯 느껴져 흥미로웠다.

그다음 주도 어느새 발걸음은 또 그 목욕탕을 향해 가고 있었다. 오늘은 또 무엇을 새롭게 발견할까 싶은 기대감마저 들었다. 그리고 알게 된 것은 목욕탕에 간판이 없다는 것과 쓰레기 소각으로 얻어지는 열을 연료로 사용한다고 이야기를 들었다. 지역 주민만 오는 곳이라 어느 시간에 와도 빈자리가 항상 있다는 사실이다. 어두운 조명 아래 장날 난전처럼 필요한 물건을 정리해 놓고 파는 매점도 매력을 더해주었다. 이 목욕탕을 이용하는 이들은 서로가 다 아는 얼굴들인 것 같았다.

사우나에 들어가 땀을 내며 피로를 풀고 가져온 커피와 차를 나누어 마시며 일하느라 못한 수다를 나누는 시간이기도 했다. 서로의 등을 밀어주며 예전 목욕탕의 분위기가 살아 있었다. 혼자 이방인 같은 모습이기는 했지만 이곳의 목욕 문화를 바라보며 옛 정취를 느끼는 것도 나름 좋았다.

옛날 연기 나는 아궁이에 불을 피우던 시절의 모습이 그리운 것처럼 잃어버렸던 옛 물건을 찾은 것처럼 반갑기도 하니 이런 이유는 나이 탓도 있지 않을까 싶다. 과거에 대한 향수를 느끼게 하는 매력 때문에 당분간은 간판 없는 대중탕 이곳을 찾게 될 것 같다.

비 오는 날

비 오는 날보다 비 온 후에 더 많이 필요로 하던 장화가 우리 집 신발장에서 퇴출당한 지 꽤 오래된 것 같다. 거의 모든 도로가 포장되어 전처럼 흙길이 없어진 까닭이다.

얼마 전, 시장에 갔다가 슬리퍼를 사려고 신발가게에 들렀다. 비 오는 날 양말이 다 젖었던 생각이 나서 장화도 한 켤레 구입하였다.

요즘 들어 장마철임에도 비가 오지 않아서 자주 하늘을 쳐다보며 비가 내리기를 기다렸다. 영동 지역은 그나마 가끔 밤에만 이슬만큼 적은 비라도 내려서 농사를 짓는 이들의 피해가 다른 지역보다 적다고 한다.

평생을 상추 한 포기 심어 보지 않았지만 요즘은 지나다니며 보게 되는 텃밭에 목말라하는 채소들이 걱정이 되곤 하였다.

그렇게 기다리던 비가 잔뜩 찌푸렸던 하늘에서 반갑게 후드득 내리기 시작하였다. 아침 식사를 한 후, 산책을 하려고 새 장화에 이왕이면 싶어 새 우산도 챙겨 들고 아파트 현관을 나섰다. 비 오는 날 산책은 그동안 누려보지 못한 여유로움이다. 아파트 후문으로 나가 작은 굴다리를 통과하면 개울을 따라 밭이 있고 청대 산으로도 갈 수 있는 한적한 길이 있어 산책하기에 좋다. 꽃잎 같은 분홍색 우산을 펼치니 그 위에 떨어지는 빗소리가 악기의 반주같이 들린다. 밭에는 들깨, 고추, 가지, 호박 등이 시원하게 비를 맞으며 어느새 건강해진 모습이다. 길가의 클로버 작은 잎들도 비를 맞기 위해 사이사이 얼굴을 내밀고 활짝 웃고 있다. 예전에 학교 운동장에 가득하던 아이들의 함성이 풀밭에서 들리는 듯하다. 작은 잎 하나하나가 기뻐하고 행복해하는 모습처럼 보였다. 비가 내려 좋아하는 모든 식물이 다 사랑스럽고 예뻐 보인다. 소리 없이 흐르던 개울물도 불어나 경쾌한 소리를 내며 흐른다.

집으로 돌아오는 길에 까마득한 스물두 살 때의 일이 생각났다.

나의 첫 교사 발령지는 평창군 방림면이었다. 동창인 친구와 한 학교에 발령을 받게 되면서 한 집에서 자취를 하였다. 기억을 더듬어 보면 면소재지였지만 학교는 초등학교 하나, 면사무소, 민간인이 운영하는 우체국과 없는 것 없이 다 파는 만물가게, 유일한 회식 장소였던 막국수를 팔던 식당과 우리 학교 선생님 남편이 운영하던 작은 약방이 생각났다. 서울에 살던 친구는 얼마나 산골 생활이 숨이 막힐 듯 답답했을까? 친구는 가끔 서울 집에 갔다가 내려오는 막차를 놓치는 날이 있었다. 그런 날은 교무실로 전화를 해서 몸이 아파서 병원에 들러서 오겠다고 말하곤 했다. 그때 난 친구가 립스틱만 지워도 아파 보이는 얼굴이 되는 것이 재미있고 신기하였다. 친구는 스물두 살이 아니라 마흔두 살쯤의 여유가 있었고 일을 쉽게 해결하는 능력이 있었다.

하루 종일 비가 내리던 어느 여름날 오후였다. 친구는 비가 오는 날이 너무 좋아 비를 맞으며 걷고 싶은데 누가 보면 미친 사람 취급 할까 봐 그러니 함께 나가자고 말했다. 비를 맞다가 사람이 오면 내 우산 속으로 들어오겠다는 것이었다. 비에 젖는 것이 싫다는 나에게 친구는 우산 쓰고 장화를 신으라고 했다. 친구의 말에 거절하지 못하고 함께 밖으로 나왔다.

　동네를 벗어나니 가로수뿐인 신작로에는 사람은 물론이고 어쩌다 한 번 트럭이 지나가곤 하였다. 밭에는 키 큰 옥수수가 쏟아지는 비를 온통 맞으며 샤워하듯 서 있었다. 빗속에서 옷이 흠뻑 젖은 친구는 술에 취한 사람처럼 보이기도 하고 아주 재미난 일을 하는 양 행복해 보이기도 했다. 뿐만 아니라 히죽히죽 웃기도 하여 누가 보면 실성했거나 실연을 당했거나 둘 중 하나라고 말할 것 같았다. 난 친구의 그 행동에 공감을 전혀 못 했던 것 같다. 우산은 썼어도 옷이 절반은 젖었기에 그만 집으로 돌아가자고 재촉만 했었다.

　오십여 년 전에 온몸으로 비를 맞으며 즐거워하던 그 친구가 생각났다.

　가뭄에 비를 기다리던 농작물처럼 또 농부처럼 비를 좋아하던 친구야! 모처럼 우산 쓰고 장화 신고 들로 나왔더니 20대 초반 우리가 함께했던 평창 방림 학교가 생각이 난다. 비 맞을 용기는 아직도 없지만 이젠 할머니가 되었을 너의 모습을 생각하다 보니 그 옛날이 그리워진다. 잘 지내고 있니?

새벽 가로수 길에서

　기온이 영하 10도 이상으로 내려간다는 뉴스 예보이다. 긴 패딩 옷을 입고 모자와 마스크 위에 목도리로 빈틈없이 감싸고 집을 나섰다. 오늘처럼 기온이 내려가면 일제히 예고되는 방송으로 사람들은 추위에 대비하느라 몸과 마음이 분주하다. 중무장한 탓일까, 날씨가 얼마나 추운지 체감되지 않으나 새벽길을 다니는 사람들은 눈에 띄게 줄었다.

　가로수 은행나무 잔가지가 가로등 불빛에 핏기 없는 실핏줄처럼 보인다. 풍성한 노란 잎을 작은 바람결에도 우수수 떨구더니 잎 하나 붙어 있는 가지가 없다. 바람이 없어도 나뭇가지가 추위에 파르르 떨고 있는 듯 보였다. 해가 뜰 때까지 그렇게 참고 기다려야 하는 나무들의 벗은 모습이 안타깝게 느껴진다.

중고등학교를 다니던 시절, 예전에는 지금보다 훨씬 더 추운 날이 많았다. 책가방을 들고 집을 나서기 전 어머니는 오늘은 날씨가 상당히 추우니 내복 하나 더 껴입으라고 하셨다. 연탄아궁이의 집은 위풍이 있어 춥기는 했지만 방바닥이 까맣게 탈 정도의 따듯한 아랫목이 있어 좋았다. 그러나 학교에 가면 영하로 내려가야 난로를 피웠고 요즘처럼 방한복도 없던 시절이라 공부를 하면서 추위와 맞서 싸워야 했다. 멋을 좀 부리는 친구는 교복 속에 얇은 속옷만 입고 와서는 파란 입술로 종일 떨고 있어서 보기가 안쓰러웠다. 친구들도 모두가 외투 한 벌 없던 시절이었다. 난 그나마 투덜거리며 두 벌 입고 온 내복 덕에 입술이 파래질 정도는 면했었다.

어느 매섭게 칼바람까지 부는 날 아침이었다. 중학교 1학년인 남동생에게 날씨가 추우니 아버지 외투를 입어보라고 했다. 검정색의 빠이루 외투는 크고 길어서 마치 펭귄 같은 모습이었으나 귀엽기도 해서 웃음이 나왔다. 어머니와 함께 장난기가 발동하여 날씨가 춥고 잘 어울리니 그냥 입고 학교에 가라고 했다. 그러면서 설마 입고 갈까 했는데 동생은 순순히 긴 외투를 입고 학교로 갔다. 날씨가 추워서 보다 잘 어울린다는 말을 그대로 믿었나 보다.

그날 오후, 집에 돌아온 동생은 손에 들고 왔던 외투를 던지며 어머니에게 화풀이했다고 한다. 이유를 묻자 학교 교문을 들어서자 갑자기 학교 누나들이 창밖을 내다보며 웃었다고 한다. 나중에야 이유를 알게 된 동생은 종일 창피하여 화장실도 제대로 못 갔다고 했다. 자신이 동물원 원숭이처럼 되었다고 말해 그런 일이 생기리라 미처 생각하지 못해서 미안하다고 말했던 기억이 난다.

지금 생각하면 모든 것이 열악하고 가난했던 시절이었지만 불평 없이 즐겁게 학교를 다녔다. 공부를 잘 하던 못하던 나름 행복했었다.

새벽길을 걷다 보면 항상 같은 시간과 장소에서 거리 청소하시는 분을 만난다. 어둡고 등지고 선 위치라 매번 마음속으로 인사를 나눈다. 오늘처럼 추운 날씨에도 어김없이 묵묵히 일하시는 모습에 감사의 마음만 가질 뿐이다. 오늘은 가로수인 은행나무에게도 사람에게처럼 그런 감사의 마음이 느껴졌다.

병원 마당 앞 목련 나무 가지가 겨울눈이 볼록한 것이 봄을 준비하고 있다고 알린다. 뿌리에서 가지 끝까지 혈관에 피가 돌듯이 나무의 혈색이 되살아나는 계절이 곧 돌아오리라. 청대산 양지쪽에 먼저 피어날 야생화와 진달래, 그리고 나뭇가지의 새순과 이름 모를 새싹까지도 반갑게 맞이하리라.

한겨울 새벽 시간 가로수 길을 걸으며 봄을 맞이할 준비를 마음으로 해 본다.

첫눈이 내리는 거리에서

작년에는 크리스마스이브에 첫눈이 내렸다. 밤부터 펑펑 함박눈이 내려서 온 천지를 하얗게 만들어 화이트 크리스마스가 되었다. 오십 년 전에 춘천 석사동 골목길에서 첫눈이 온다고 함께 자취하던 친구들이 소리소리 지르며 떠들다가 동네 어르신에게 야단 듣던 생각이 났다. 야단치던 분의 나이쯤 되었건만 아직도 열아홉 나이인 양 첫눈이 오면 마냥 즐겁고 좋다.

방송에선 영동 지역에 60센티미터 이상 폭설이 내릴 거라 예고를 했다. 전날 계속 내리던 비가 이른 새벽부터 눈으로 바뀌었다. 다른 지역에는 벌써 여러 번 눈이 내렸는데 올겨울 첫눈이다. 어느 사이 눈은 도로에도 많이 쌓여 자동차는 두고 걸어서 교회로 가기로 하였다. 속회에 새로이 직분을 받는 이가 있어 꽃다발을 준비해야 했는데 춘천에 일이 있어 다녀오느라 저녁 7시쯤 꽃집에 갔더니 두 곳 다 문을 일찍 닫아서 난감한 일이 생기고 말았다. 아쉽지만 조화로 노란 튤립 꽃다발을 만들었다. 기념사진을 찍어야 하는데 꽃다발은 필수이기 때문이다.

배낭을 메고 무릎 아래까지 올라오는 방수 신발을 신고 노란 튤립 꽃다발을 손에 들고 한 손에는 우산을 들었다. 의외로 거리에는 길을 걷는 사람들이 많았다. 횡단보도의 신호를 기다리고 서 있는데 건너편에 노부부가 걸어가는 모습이 보였다. 이 시간에 교회를 가시나 하고 바라보고 섰는데 할머니는 조심조심 앞장서서 걸으시고 할머니의 성경책까지 두 권의 성경책을 팔에 끼시고 천천히 그 뒤를 따르시는 할아버지의 모습이 눈길인데도 평안해 보였다. 길을 건넌 후 또 인도로 마주 걸어오는 젊은 부부가 있었다. 아내의 가방을 어깨에 걸치고 우산을 든 남편이 앞장을 서고 아내는 한걸음 뒤에서 종종걸음으로 남편 뒤를 따라 걸어오고 있었다. 아내의 가방을 들고 앞장서서 걸어가는 든든하게 보이는 남편의 모습이 보기에 좋았다.

쥐똥나무 잔가지에는 안개등같이 작고 예쁜 눈송이가 꽃처럼 가득 피어났고 큰 키의 나무들은 커다란 나뭇가지로 설경을 멋지게 꾸미고 있었다. 눈길에 미끄러질세라 자동차도 사람도 모두 조심조심 움직이는 모습이 아름다운 동화책 속의 풍경처럼 보였다. 우산도 노란 꽃다발도 눈 위에 내버려두고 사진을 찍기에 진심인 나도 그 속에 있었다. 튤립꽃에 눈가루가 날려서 아침이슬 맞은 꽃잎처럼 생기를 얻었나 보다. 정말 생화처럼 흰 눈밭에서 노랗게 생명의 빛을 내고 있었다.

한 아파트 앞에서 노란 우비를 입은 강아지가 산책을 하려고 주인과 함께 나온 모습이 보였다. 우비의 이마 쪽에는 투명창이 달려 있어서 강아지와 주인이 서로 얼굴을 보며 이야기를 하는 듯했다. 그 모습이 참 신기해서 바라보는데 노란 비옷이 너무 잘 어울려 미소 지으며 쳐다보게 되었다. 강아지를 보면서 예쁜 어린아이를 보는 듯 착각이 들었다.

그러는 사이에 사거리 영화관 앞거리까지 오게 되었다. 크게 언덕진 곳은 아닌데도 승용차 한 대가 올라가지 못해서 여러 사람들이 뒤에서 미는 모습이 보였다. 나도 힘을 보태야 하나 싶었는데 자동차는 몇 번 '부르릉~'거리더니 힘을 얻고 올라갔다. 첫눈 오는 거리에서 그림보다 멋진 풍경 사진을 몇 장 찍고 눈처럼 포근해진 마음에 평소보다 여유를 가지고 횡단보도를 건너갔다. 눈이 온 거리의 풍경은 아름다웠고 그 속에서 움직이는 모든 사람들도 어울리게 아름다운 모습들이었다.

아름다운 봄을 음미하며

올봄에는 많은 봄꽃을 하나씩 살펴보며 감상할 수 있는 기회가 많아 좋았다. 옆 동네 아파트 화단에서 처음으로 매화꽃을 본 날이 봄의 시작이었다. 그다음은 청대산 숲길에서 어릴 적 친구 같은 분홍빛 진달래를 반갑게 만났다. 청초호 산책길에서 만난 보랏빛 제비꽃은 잔디밭의 절반을 꽃밭으로 만들어 놓았다. 무리를 지어 피어 있는 제비꽃을 올해 처음 보게 되어 신기하였다.

비교적 이른 봄에 나무 가득 노랗게 피어 따뜻함을 주는 산수유나무는 생강나무꽃과 비슷하다. 아니 꽃이 너무 닮아서 올봄에야 구별할 수 있게 되었다. 전에는 모두 산수유인 줄 알았다.

영랑호 둘레길에서는 빨긋빨긋 성난 여드름마냥 가지마다 톡톡

불거진 벚나무의 작은 꽃봉오리를 쳐다보며 이른 봄의 여유를 즐기니 좋았다. 호수 둘레길이 벚꽃으로 화사해질 날을 여유롭게 기다릴 수 있어서 모처럼 시간적 여유가 너무나 좋다.

활짝 핀 벚꽃이 터널을 이룬 설악산 입구의 아름다운 모습은 많은 사람들에게 감탄과 탄성을 지르게 한다. 목우제는 봄바람에 흰 눈처럼 내리는 하얀 벚꽃 길을 걷듯이 천천히 드라이브할 수 있는 길이다. 이는 어느 순간이기에 운 좋은 날 맛볼 수 있는 특별하고 황홀한 체험이다. 이때는 딱 어울리는 〈벚꽃 엔딩〉이란 매력적인 노래를 듣는 것도 좋겠다. 이어서 피는 산벚꽃은 연둣빛 나무숲과 어울려서 꽃송이처럼 아름다운데 산에도 벚나무가 이리 많았구나 새삼 느끼게 한다.

향기 좋은 연보랏빛 라일락과 진분홍 박태기꽃, 그리고 하얀 조팝나무꽃도 뒤질세라 피어나는 화단은 솔로가 아닌 합주곡으로 변하는 무대 같다.

뾰족하게 나온 잎이 아기 손가락처럼 자라는가 싶더니 어느새 아기 손바닥 크기로 금세 자란다. 봄비에 우유 먹고 쑥쑥 커가는 아기 같은 봄이다.

퇴직 후에도 특별한 일 없이 바쁘게 지내느라 자연 속에서 여유를 즐기지 못했다. 20년도 봄에는 새로운 바이러스가 전 세계적으로 기세를 떨치는 바람에 마스크에 입만 가린 것이 아니라 눈도 가려 버렸다. 봄은 향기를 잃어버리고 봄의 색이 무채색이 되어 버렸다. 이년에 걸쳐 봄을 그렇게 보냈다.

　나이를 생각하니 살면서 즐겁고 행복하게 맞이하게 될 봄날이 그리 많지 않음을 깨닫게 된다. 그래서 지난겨울을 지내며 오는 봄부터는 그림과 음악을 감상하듯 자연 속에서 계절의 변화를 마음껏 음미하며 보내기로 하였다. 아직 기세가 강한 바이러스 때문에 마스크로 얼굴을 가리고 야외에서도 거리두기를 해야 하지만 밝고 따스한 봄은 그래도 희망을 품게 하니 감사한 마음을 갖는다.

　봄을 노래하는 많은 노래 중에 〈고향의 봄〉을 가장 좋아하고 즐겨 부르는 노래다. 이원수 작사, 홍난파 작곡의 동요로 전 국민이 사랑하는 노래이다.

　　복숭아꽃 살구꽃 아기 진달래~

울긋불긋 꽃대궐 차리인 동네~

그 속에서 놀던 때가 그립습니다.

노래를 부르다 보면 어린 시절의 모든 것이 그립고 지난날이 생각나고 눈물이 날 듯 노래에 빠져들게 된다. 동요 한 곡이 주는 힘이 크다.

이제 봄은 찬란히 시작되었다. 곳곳에 꽃 축제와 봄맞이 행사가 펼쳐지게 된다. 나의 계획은 사람들이 많이 모이는 곳이 아닌 조용한 곳 숨어 있는 공간 속의 봄날을 찾아다니려고 한다. 그림을 그리듯 휴대폰 속에 담고 시를 쓰듯이 마음에 담으며 봄이 지나는 순간순간을 음미해 보려 한다.

화진포 사랑

원주와 속초에 살고 있는 친구들과 고성 공현진에서 점심식사를 하였다. '백수가 과로사한다'는 말처럼 퇴직 후에도 다들 바쁘게 생활하느라 몇 달 만에 갖게 된 모임이었다. 차를 마시면서 화진포 둘레 길을 걷자는 의견이 나와서 자청하여 가이드 역할을 맡기로 했다.

巨津항에서 출발하는 해파랑길로 가기 위해 항구 끝 등대가 있는 언덕길로 올라갔다. 어릴 적 바라보던 언덕 위의 소나무 숲과 산동네 마을이 친근하게 느껴졌다. 오르는 길과 중간 공터에 만들어진 쉼터도 공원처럼 잘 가꾸어져 있었다. 몇십 년의 세월이 지나며 더 멋진 모습으로 자리 잡은 소나무들과 그 사이로 내려다보이는 바다와 항구, 읍내 전경을 잠시 쉬며 바라보았다. 이탈리아의 시칠리아 바닷가 마을이나 그리스의 산토리니 마을과 견주고 싶은 욕심이 생길 정도로 새삼 풍경이 아름답게 느껴졌다. 홍보가 되어 많은 관광객이 찾아 와 주는 장소가 되었으면 좋겠다는 생각이 들었다. 예전엔 명태와 오징어가 지천으로 잡혀 巨津이란 이름값을 하던 활기가 넘치던 곳이었는데, 요즘은 잡어마저도 잘 잡히지 않는다고 한다. 쓸쓸한 거리 모습을 바라보며 농어촌 어디서나 볼 수 있는 시대적 현실이지만 고향이라 더 안타까운 마음이 드는 것 같다.

출발점 위치에서 지체를 많이 한 듯싶어 다음 장소로 이동하기 위해 서둘러 발길을 옮겼다. 산길을 오르며 흘린 땀을 시원한 바람이 있는 숲길에서 식히며 물과 초콜릿으로 에너지를 보충하였다. 몇 번의 오르막과 내리막을 지나고 나니 '응봉'이라고 쓰인 돌 표지판이 세워진 정상에 다다랐다. 화진포 호수와 소나무 숲, 긴 백사장과 끝없이 펼쳐진 바다와 수평선이 파노라마로 펼쳐진 곳이다. 대자연의 멋진 풍경에 친구들은 감탄사를 연발하며 사진 찍기에 바빴다. 북쪽 바다 멀리 어렴풋이 보이는 곳이 북한 땅의 해금강이라고 말해주고 더 자세히 볼 수 있는 통일전망대와 DMZ 둘레길도 함께 가면 좋겠다고 했더니 모두 좋다며 가을 단풍이 들 때가 좋겠다는 의견으로 모아졌다. 응봉 표지판을 배경으로 기념사진을 찍은 후 화진포의 주변 장소를 돌아보기 위해 산을 내려왔다.

해안가 언덕 위에는 바다 전망이 좋은 곳에 '화진포 성'이라 불리는 별장이 있다. 전에는 김일성 별장이라고 더 많이 불려지던 건물이다. 1937년 원산에 있는 외국인 휴양촌을 강제 이주시킬 때 선교사 셔우드 홀을 위해 독일의 망명 건축가 베버가 지었다는 안내 설명이 있었다. 화진포 성은 회색 돌로 유럽의 성처럼 지어 붙여진 이름이다. 그 후, 1948년에서 50년까지 김일성 일가가 휴양지로 이용하여 '김일성 별장'이라고 불리게 되었다. 고성문학회 황연옥 작가가 셔우드 홀의 전기를 바탕으로 삼대에 걸친 선교사의 이야기를 소설 형태로 써서 『화진포 성』으로 출간하였다. 이제 별장의 제 이름을 찾게 되었고 생태박물관으로 사용되던 건물은 화진포 셔우드 홀 기념관으로 새 단장을 하게 되어 의미가 크다.

전에는 초도리 방향의 일부 해안가만 화진포 해수욕장으로 일반인에게 개방되었고, 별장이 있는 곳은 군부대의 허락을 받아야 출입할 수 있었던 곳이다. 화진포는 중·고등학교 소풍 지정 장소였고,

바닷가의 김일성 별장과 호숫가의 이승만 별장으로 들어갈 수 있는 유일한 기회였다.

그 시절 바닷가 모래는 곱고 깨끗했으며 발자국도 없는 눈밭처럼 뽀드득뽀드득 청결한 소리를 냈었다. 그러나 이 같은 소리가 아직도 나는지 확인해 보지는 못하고 친구들에겐 설명으로 대신하였다. 바다 앞에는 머리를 남쪽으로 향한 '금구도'라는 섬이 있는데 다들 '거북섬'이라 부른다. 거북섬이 보이는 바닷가 모래사장은 많은 사람들이 시청했던 드라마 〈가을동화〉에서 마지막 장면을 찍었던 장소이다. 준서 역할의 송승헌이 죽음을 앞둔 은서를 업고 화진포 모래밭길을 걸어가던 모습은 모두가 숨죽여 시청하던 드라마의 마지막 장면이었다.

바닷가에서 다시 호수 쪽으로 발걸음을 옮겼다. 바다와 호수 사이에는 해송이 숲을 이루고 있다. 그 가운데 있는 초대 부통령이었던 이기붕 별장을 둘러보았다. 부인 '박마리아'가 개인 별장으로 사용하던 곳이다. 오랫동안 개방되지 않아서 알려지지 않은 장소이기도 하다. 별장에는 사용하던 유품도 옛 모습 그대로 전시되어 있어 잠시 그 시대의 모습을 상상해 볼 수 있었다.

호숫가의 건너편 이승만 별장 쪽으로 가려면 호수에 놓인 검은색의 방부목 다리를 건너야 했다. 영화 〈콰이강의 다리〉와 닮아서 우리는 그 다리를 '콰이강 다리'라 불렀다. 그 다리가 없어지고 지금은 현대식 튼튼한 콘크리트 다리로 바뀌어 있었다. 새로운 다리가 놓이더라도 역사적 의미가 있는 그 다리는 유물로 그곳에 남겨두었더라면 좋지 않았을까 싶었다. 중·고등 시절, 우리가 사랑하던 화진포의 콰이강 다리는 추억 속으로 남게 되어 많이 아쉬웠다. 그 다리를 건너가야 하는 이승만 별장은 시간상 원주로 돌아가야 하는 친구들 때문에 다음에 기회가 주어지면 가보기로 하였다. 함께한 친구들에게는 별다른 의미가 없는 일이기도 했다.

화진포는 청정한 아름다움을 그대로 간직하였을 뿐만 아니라 특별한 역사적·지리적 배경도 고루 갖춘 명소임을 다시 한번 확인하는 기회가 되었다. 가장 북단의 고성군에 보배 같은 화진포! 5월 중순의 화창한 봄날 오후, 붉은 해당화꽃과 보랏빛 갯완두꽃, 하얀 찔레꽃이 호숫가 군데군데 예쁘게 수를 놓듯 피어 있어 봄날의 아름다움을 더해 주었다. 호숫가 옆으로 빼곡한 송림 숲과 우람한 모습의 금강송은 자연 속에서 앞으로도 오래도록 남아 이곳을 지키리라.

설악산과 금강산을 이어주는 겹겹의 산들이 배경처럼 서 있는 곳 고성군, 그 안에 자리 잡은 아름다운 호수 화진포. 호숫가의 찰랑이는 물결을 바라보다가 소풍 때 부르던 노래 〈화진포에서 맺은 사랑〉이 생각났다. 혼자 흥얼거렸더니 이내 친구들도 아는 노래라 함께 부르는 합창곡이 되었다. 하루의 일정을 끝내려는 순간에 우리가 부르는 노래는 호숫가로 퍼져 나가며 마치 백화점의 엔딩 음악처럼 재미와 의미까지 더해 준 노래가 되었다.

'황금물결 찰랑대는 정다운 바닷가

아름다운 화진포에 맺은 사랑아~'

축하의
글

순수한 감성을 일깨워 주는 글

—

이미복 장로님의 첫 수필집 『내가 사랑하는 당신』 발간을 축하드립니다.

글도 한 사람의 마음속에서 솟아 나오기에 글이 나오는 그 사람의 내면도 중요한 것 같습니다. 이 장로님의 순수한 마음만큼이나 장로님의 글은 따뜻함을 주며 순수한 감성을 일깨웁니다.

글을 통해서 지나온 삶의 여정을 우리가 어떤 마음과 시선으로 바라보느냐에 따라서 상처 난 마음이 될 수도 있고 감사와 사랑의 마음이 될 수도 있음을 알게 해줍니다. 이미복 장로님은 글을 통해서 모든 삶의 이면에는 감사와 소중함의 귀한 가치가 숨어 있음을 알게 해 줍니다.

더불어서 은총의 빛으로 우리가 삶을 바라볼 때 모든 사람의 삶의 순간에는 보이지 않는 손길이 있습니다. 그 손길이 슬픔과 고통의 순간을 지나온 인생이라 할지라도 낡고 추하게 되는 것이 아닌 보석처럼 빛나는 내면이 되게 하심을 깨닫게 해 줍니다.

　책에 담긴 수많은 이야기를 통해서 많은 사람들이 위로와 따뜻함을 얻게 되기를 바랍니다.

속초성광교회 담임목사 한중열

누군가의 마음에 오래 기억되는 이야기로 남기를

—

세상에 단 한 권뿐인 책, 그리고 그 책을 쓰신 분이 바로 어머니라는 사실이 아들 된 입장에서 더없이 뿌듯하고 감사한 마음입니다. 오랜 시간 교단에서 아이들의 미래를 위해 헌신하신 어머니께서, 정년 퇴임 이후에는 글을 통해 또 다른 가르침과 감동을 전하고 계시다는 사실이 자랑스럽습니다.

어릴 적부터 어머니는 늘 말씀과 행동이 따뜻하고 곱다고 느꼈습니다. 누군가를 탓하기보다는 이해하려 하셨고, 작고 평범한 일상 속에서도 특별한 의미를 찾으셨지요. 이제 그 따뜻한 시선과 삶의 이야기가 글로 엮여 많은 이들에게 전해진다니, 이보다 더 기쁜 일은 없습니다.

이번 수필집 『내가 사랑하는 당신』에는 단지 가족이나 이웃의 이야기를 넘어서, 한 사람의 인생을 진심으로 살아온 한 여성의 시선이 담겨 있습니다. 짧은 결혼 생활 속에서도 오래도록 가슴에 품어

온 남편에 대한 사랑, 이웃과 나누었던 따뜻한 정, 자연과 삶을 바라보는 잔잔한 성찰이 고스란히 전해집니다. 특히 2부에 담긴 아버지의 편지와 어머니의 응답 같은 글들을 읽으며, 저 역시 가슴이 뭉클해졌습니다. 그리고 어머니가 그렇게 살아오셨기에 저도 오늘의 삶을 감사히 살고 있음을 새삼 느끼게 됩니다.

글을 쓰는 일이 결코 쉽지 않다는 것을 잘 알기에, 한 편 한 편 글을 써 내려가며 어떤 고민과 시간들을 견뎌내셨을지 짐작이 됩니다. 수필이라는 장르가 바로 어머니와 가장 잘 어울리는 이유도, 글이 삶에서 비롯되고 진심에서 흘러나와야 진짜 감동을 줄 수 있기 때문이겠지요.

이제는 작가 이미복이라는 이름으로 많은 이들에게 감동을 주시게 될 어머니. 책을 펴내신 것에 대해 진심으로 축하드리며, 이 수필집이 단지 한 권의 책으로 머무르지 않고 누군가의 마음에 오래 기억되는 이야기로 남기를 기원합니다. 그리고 앞으로도 건강하게, 쓰고 싶은 이야기를 오래도록 써 내려가시길 아들로서 간절한 마음으로 응원합니다. 사랑합니다, 어머니.

2025년 가을, 아들 김슬기 올림

존경과 사랑을 담아 축하드립니다

—

교단에서 40년 이상을 많은 제자들을 가르치신 뒤 퇴직하시며 새로운 취미로 시작하신 글쓰기가 이렇게 한 권의 책이 되었다는 사실에 도우신 하나님께 감사를 드립니다. 처음에 쓰신 글을 가족들에게 보여주실 때마다 우리는 그냥 짧은 감상만 전했었는데 지금 돌이켜보니 그 순간들이 우리 가족의 소중한 추억을 함께 꺼내 나누는 시간이었음을 깨닫게 됩니다.

어머니의 수필에는 가족들의 흔적과 함께 평생을 살아오신 고성과 속초의 바람과 바다, 길과 삶이 고스란히 담겨 있습니다. 돌아가신 아버지와 가족들의 그리운 시절이 글 속에서 숨 쉬고 있음을 느낍니다. 특히 제가 가장 좋아하는 글인 「어느 가을의 신혼 이야기」를 읽을 때는 마치 제가 경험하지 못한 부모님의 소박하고 행복했던 신혼 시절을 살짝 들여다보는 듯해 묘한 설렘과 따뜻함이 함께 찾아옵니다.

저에게는 어머니와 함께 걸으며 나누었던 산책길의 대화들이 늘 특별합니다.

삶의 작은 추억들, 신앙에 대한 이야기, 때때로 꺼내놓으시던 옛 기억들이 저에게는 귀한 선물이었습니다. 이제 그 이야기들이 책이 되어 더 많은 사람들에게 닿는다고 생각하니 참 감회가 새롭습니다. 어머니의 글을 읽는 이들이 저와 같은 따뜻한 울림을 느끼며 각자의 추억을 소중한 이들과 함께 나눌 수 있기를 진심으로 바랍니다.

글을 통해 어머니가 건네시는 따뜻한 마음이 더 많은 사람들에게 전해지기를 바라며 한 자녀로서 존경과 사랑을 담아 축하드립니다.

2025년 9월에, 아들 김우람 올림

내가 사랑하는 당신

저 자 | 이미복
발행자 | 오혜정
펴낸곳 | 글나무
주   소 | 서울시 은평구 진관3로 32, B동 516호(파크앤타워)
전   화 | 02)2272-6006
등   록 | 1988년 9월 9일(제301-1988-095)

2025년 9월 30일 초판 인쇄 · 발행

ISBN 979-11-93913-25-3 03810

값 14,000원

＊이 책은 고성문화재단 후원으로 발간되었습니다.